向为这套丛书提供详细资料并接受采访的各位设计师和现场采访过程给予协助的全体人员致以深深的谢意。

——朱锷

Visual Message

Toda Seiju
户田正寿的设计世界

著者
©
监修
户田正寿
Toda Sejiu

主编
Editor
朱锷
Zhu E

策划
Producer
朱锷
Zhu E
郑晓颖
Zheng Xiaoying

责任编辑
Editor-in-Charge
姚震西
Yao Zhenxi
白桦
Bai Hua

制作设计
Composition
朱锷设计事务所
ZHU E design studio

Editor
大坪辉夫
渡边工

Graphic Design
陶山由纪
石川义明

Connector
协力
米山佳子
Eassay: Copyright © 1999 Christopher Mount

目录

视觉语言丛书·序

Visual Message Books (视觉语言丛书)是由旅日平面设计家和出版人朱锷先生主编、设计并撰文，全面性、系统化介绍日本设计师和设计动向的丛书。令人赞叹的是他花费了几年的时间，亲自走访了几乎每一个设计师，和他们交谈，对他们进行采访，与他们一起整理资料。本丛书几乎包括了战后日本设计史上老、中、青几代设计师中的主要杰出人物，更难能可贵的是每一册作品集中，还收入了这些设计师各自独特的思维、创造过程和制作过程，使丛书具有很高的学术研究价值。

在后现代消解一切的时代里，在消解经典、消解权威的同时，更需要的是冷静的研究、理性的阐释，在这样的时代氛围中把日本几代设计精英完整地、如实地摆到中国的设计师面前，为走向21世纪的设计艺术和设计审美文化的发展提供合理化借鉴，应该是朱锷先生耗费近7年时光来构思和筹划这套丛书的基本出发点和意图。

本丛书介绍的设计师都有着彼此不同的理论模式，持有各不相同的见解，各自用自己的作品阐述着各自的设计思想。在一套丛书中如此集中、系统地分析、介绍一个设计大国的设计动向，在世界设计图书出版界里也并不多见。书中详尽的作品点评和制作过程剖析以及图片资料形象地阐明了平面设计的主要原理，相信本丛书定能给大家带来许多启示。

本丛书点评的每一位设计家的作品集均由作品部分和制作过程剖析两部分构成，并都配有设计特点评介。本丛书面对中文读者，但为了专业人员查询资料之需，一部分附有英文对照。

来自户田正寿作品中的惊喜

克利斯多芬·蒙特

美国著名艺术评论家　美国纽约现代美术馆副馆长

经常变化创作手法，进行大胆尝试的艺术家常常会遭到公众和批评家的误解。这是多么的令人不解和不公的一件事，渴望变化、勇于尝试是人类的本性。这种对新事物的渴望和从新的经验中学习的能力正是我们和地球上其他生物的主要区别。这种不断探索新事物的本能促使人类取得了从疫苗接种到登月等诸多的卓越成就，因此古斯塔夫·埃菲尔得以建造举世瞩目的铁塔，西班牙建筑大师安东尼奥·高蒂得以创作出华美的篇章。"天才"，这个在现代社会中近乎滥用的词语，实际上是随着异于常人的独创性和冲突传统的禁锢而产生出来的。为什么善于大胆尝试的艺术家、作家和设计家会遭误解呢？为什么这种实际上应该彰显的本性反而会被视为弱点呢？到底是因为批评家们面对不拘一格的艺术时的态度过于谨慎？还是批评家们对自己的信念开始产生了动摇？批评家们只能肯定这件作品完成了，或者肯定它已达到一种受人评介的状态。尝试常被认为是年轻人的冲动，对那些尚未找到真我的学生们来说，这一举动是荒谬和天真的。一个好的艺术家总是在不断地追寻真我，伟大的艺术品和设计总多少会包含这个过程和这一过程中我们所悟到的。为什么人的本性要被压抑到只接受一种形式的艺术、一种类型的海报的程度？这一点正是户田正寿的作品中用逆反形式所表达的，这是一种结束旧的方式，开创全新领域的变化。

户田正寿的海报从八十年代起被广泛流传，它们代表了一种敢于尝试的献身精神，表现出技法与风格的多样性。这是对商业性平面设计的全面的反叛。许多平面设计师似乎都会很快和坚定的依附于某种风格，好像所有的设计都有一个可以套用的万能公式。在NOUVEAU时期，法国人曾把风情万种的缪斯女神作为广告设计里的万金油，在五六十年代，瑞士人一轰而上的钟情于极致的写实；而今天，似乎含糊不清的形式又成了设计中的救命稻草。

也许，我们不应该责备设计师，在竞争愈趋激烈的氛围中，单个的设计师很难承受这种冒险的作法。给客户提供一些具有新意的东西并不总能保持设计师们的好名声。但是，户田正寿却不断地"反叛"，只有拥有勇气的设计师才做得出，因为这样可能招致几乎有任何广告公司难以接受的尴尬局面。从商业利益的角度考虑，这对户田正寿可能是一个很大的挑战。但只有这样，才能促成他在艺术创造上的高产。

户田正寿所受的教育不像大多数平面设计师的教育背景那样急功近利。他在纯艺术和摄影方面都训练有素。户田一开始并不钟意于商业性海报创作，这种矛盾也一直延续到他其后的作品中。提及对户田产生过影响的前辈设计大师时，即非人们所期望的PAUL RAND, A.M.CASSANDRE, ALEXANDER RODCHENKO,也不是田中一光、横尾忠则那些日本设计界的名人，而是JOHN CAGE和JASPER JOHNS这些在许多方面都闯出了一条新路的美国折中主义艺术家。

说户田受到CAGE的影响，似乎有些牵强。因为我们对CAGE有一个明确的界定，身为音乐家、作曲家、演奏家兼演说家，他的作品很难说得清楚。CAGE写过一首曲子，但那实际上只是没有任何声音的五分钟的沉默，他的长处在于对音乐的重新诠释。CAGE将意念付之于表演的兴趣，对某些艺术窠臼的超越，与户田作品中的某些东西不谋而合。户田摒弃了传统平面设计中的许多东西，最近为"LUFT"所创作的海报就有一个主要特征就是对海报中的元素的精雕细琢，这是对传统的海报突出表现的标准的一次突破。在这张海报中，版面中的各种元素都表达了海报的主旨。在理念上，海报依附于木梯、鱼和桌子以突出水中生命的另一形式。户田通过强调一些能立即展现的别的东西而对海报设计的传统进行了一次革命。

户田的这种精神也出现在其他的作品中，例如从1984年起，为"LINEA FRESCA"服装店所做的海报中那些被包装起来的动物们。在这些作品中，野兔、蛇等动物被精心地装扮起来，并泰然自若地置身于摄像机的镜头前。正如他的许多其他作品，这些片断犹如一场表演，它是海报被创作出来以前的雏形思考模式，然而表演的痕迹被最大程度地弱化了，这实际上就是海报最终所要达到的效果，但观众们不禁会想这些海报是如何制作出来的，这些动物们又怎么了。这样，平面设计，不论它是书籍、标志或海报，必须给一件作品中的内容作出答案的一贯手法被打破了，这种手法的运用在传统中是前所未有的。

当JASPER JOHNS和追随他的流行艺术家们将艺术风格定位于对商业产品进行完全的写实时，户田却对海报的制作工艺进行了否定。就像他自己承认的那样，他喜欢简明而真实的表达风格。他以纯粹的日本传统印证了这一点，正如他说他喜欢寿司中没有经过烹饪的生鱼片的天然味道那样。同时，他告诫大家，艺术家或设计师所要真正关心的是发现事物的本质，将其自然之美展示出来。

不同于普通的平面设计师，户田对海报的主题把握相当老练，而不只是对海报的制作过程极尽能事。他直言承认他不喜欢构成主义的手法，或许这也正是他的作品如此新鲜和独特的原因。构成主义手法的运用无疑已成为现代设计的决定性要素。无论是在FILIPPO MARINETTI的精采电影中，还是在ELLISSITZKY, ALEXANDER ROCHENKO或者STENBERG兄弟的构成主义者调查中，蒙太奇的能力已经在很大程度上改变了人们对"什么是美"的认识。

从某种程度上讲大多数的现代平面设计师都是“拼贴画家”，或者像达达主义者RAOUL HAUSMAN所说的那样是“组装者”或者“装配工”。要避免这一点，就要在别一领域中构筑重新自己的作品，这也是使得他的作品呈现“大和”精神的原因。过分依赖构成主义手法的设计师常常会重复使用同一技巧，这样，虽然可能并没有刻意使用相同的制作过程，但结果却会是差不多的。而户田在海报设计中由于首先从主观上避开了，因而其结果就呈现出极大的多样性。

这种对构成主义手法的否定从1990年起在为KON’YO SHENTE海报展所创作的作品中得到了最好的体现，但这一次运用了暗房摄影技巧，这又是平面设计中不常用的制作工艺。在为TOYOTA名为“SDARER”的海报展创作的作品中，他继续着这种创新。虽然乍看上去，这些海报中的各种元素似乎受到德国设计师LUCIAN BERNHARD或者瑞士的NIKLAUS STOECKLIN的写实海报的影响，但他们却是这种传统平面设计派别的反方向转化。玩具娃娃的手里攥着一缕毛发或布料，另一只玩具鸭涂着淡淡的颜色。BERNHARD和STOECKLIN的设计着重于简洁，去掉不必要的修饰，以及NOUVEAU时期的叙事性。他们认为简洁的各种元素应向观者直接传达出必要的信息。但户田的作品却没有这一点。相反，他的作品中充斥着吸引人的神秘感，似乎有意地给观者一个永远无法猜透的谜。

由于构成主义者以及德国现代主义者HERBERT BAYER和JAN TSCHICHOLD的作品的影响，功能主义成了大多数海报设计的主导力量，后现代主义对海报的功能提出了质疑，现代主义者认为，海报首先应该吸引观者的注意，然后迅速地传递出信息和要推介的产品。然而，60年代末，在一群生活于旧金山的FILLMORE的摇滚海报设计家的推动下，这种风格逐渐落伍，对城市居民们来说他们的作品过于晦涩难懂，但这却也是他们所想要的结果。功能主义一直持续到70年代末的崩克主义时代，直到80年代，随着在日本兴起的创造性探索而消声匿迹。

户田正寿又反对将海报简单地处理成只有一种赤裸裸的宣传媒介。我们不得不承认日本版画《浮世绘》中强烈的民族气味。当代日本海报，尤其是户田的作品有着《浮世绘》中那样常有的双重性。它既可用作商业媒介宣传，也可看作具有审美倾向的艺术精品。当我们把注意力着重到审美性上的时候，海报的理性要求也就模糊了，这样增加了个人表达的成分，使得设计师得以冲破商业性而创出一条新的路子来。

从1986年到1988年为VIVER 21服装店和从1989年开始为SEIO创作的海报中，是户田的艺术创作生涯中最耐人寻味的时期，单一的白色背景上繁杂的表现形式一开始让人摸不着头绪，某种程度上像融化的糖果或者说是凶恶的外太空入侵者所穿着的未来式服装的某些部分。这些奇异的创作元素，帮助他创造了另一番天地。一个属于遥远未来的世界，一个充满奇异性的迷幻世界，给人带来类似科幻电影感官刺激，这正好切合了时装店的宣传要求。在为VIVRE 21时装店所设计的海报中，那双美丽诱人的眼睛飘浮在仄子般的金属指甲壳的上方，这样一般所公认的美丽动人的姿色一下子烟消云散，在为SEIO所创作的作品中闪亮的玻璃器皿很常见，而玻璃做成的驱虫剂很明显地让人联想起胸部和臀部，但不是人的，而代以一种未来式的风格。

有人可能认为PARCO百货店所创作的漂亮，飘逸的海报中透着更多的传统风格，这里人是赤裸裸的，但不是现时空中的琐碎之物。其中的女人很温柔，只是通过印刷上的轻微的模糊使闪电得到了加强。然而我们又会发现，乍看上去这张海报手法单一，但再看一眼时，我们便发现这个穿着不多的女人着实让我们惊讶，一切并不像看上去那样。从背后看上去，第二个特别加上去的人形如鬼魂一般，而前一个却有些羞怯，这种微妙的暗示折射出一种思想或者说梦幻状态，在这里主要人物已灵魂脱壳而出。从1983年起，为PARCO百货店所创作的其他海报又以一种更为不可思议的方式让人感到震惊。看上去像是很普通的裸体，如果仔细观察我们便会发现左边国际通用的印刷标记符，这让人感觉这张海报没有裁切成成品，这种讨巧的作品并未就此终止，然而我们又想到了这些作品中人工雕琢的痕迹，以及一般的海报。当我们看到像血或由于印刷工人的失误而泼溅到海报上的红色油墨时，这种焦虑引起了人们的急论。如果是发生了错误，这张海报还应发表吗？或者如果是不祥之兆的血的话，会不会是这些漂亮女人的血呢？

我们又一次发生一切不再像它们所看上去的那样。1995年，户田为东京艺术家俱乐部创作了一张名为“哭泣眼中的未来”的最让人感叹不已的海报，海报展的主题是“来自东京”，主要反映各种社会问题。一张黑人小孩的可爱脸蛋被户田意外的加上了两只不自然的蓝灰色眼睛，而有泪水汪汪，奇异的蓝灰润湿了整个眼部。这个形象暗示着人类不能清楚地认识到他们看不见的现实。这个世界根本没有关注未来，尤其是儿童们所应拥有的未来。这个作品也类比出户田海报的观者有时凭借一双朦胧的双眼而错过真正的东西。

要紧紧地、完整地抓住户田作品的主旨是件很难的事，因为他的创作手法千变万化，而且每一次都不同于以前。如果说还有一些永恒的东西的话，我想惟一不变的是“变化”。他的创造性是独有的，而且他从不排斥新的东西，这尤其是我们应予以褒扬的。户田似乎勤于在不经意中和尝试新事物的过程中创造惊奇。通过自己的作品，户田释放着自己的全部激情和兴奋。当问及他的个性和对于创新的偏爱时，他说“只有当我老时，我才会停止创新。”

(汉译：彭干)

户田正寿·红白情结

朱 锷

现在想起来那还是1997年秋天，9月底10月初的时候，已经移居到纽约的好友、展览会策划人宫本武雄和长驻纽约的美术报记者今井玲子突然回到东京，一起给我打来电话，说同去参加由他们策划的世界优秀海报展的开幕式酒会。看到户田正寿的二张1030mm × 1456mm的大尺寸海报《VIVRE21》原作，就是在这个展览会上，一张是在海报画面的顶上方，一张是在海报画面的中央，白色底上各自顶天立地着一个类似于巨大现代雕刻的好像又不像嘴唇的红色奇异构造物，白的雪白、红的血红，惊心动魄。

红色的色性极游离，并不是一种稳定性很好的颜色，用好用坏很微妙，性质有点像中药里的砒霜，恰到好处，是救人，稍一不慎，则有喝死的危险。红色不像蓝色和黄色那么容易安定，比较一下与蓝色在一起的红和与黄色一起的红，就可以知道红色是随周围的颜色而明显地变化着它自身的色彩感觉的。红色既是血液的颜色，又是火的颜色，还是最具有生理刺激性的颜色，更是人类生命的象征，也许正因如此，红色同时又背负着浓厚的文化背景和内涵。

在白色边上的红色最美，对这一点，我从未怀疑过。白色有着尤如处女般清纯无垢的本性，自古以来一直受到尊敬，白色又是与天界相连，具有神性的人间颜色，在视觉上离人们很近、在精神上离人们又很远。然而，在如此纯洁的白色上一旦加上了红色，瞬间便会有从天上人间到了地上凡界的感觉，相对于天上清澈阳气的白，红是地上世世俗俗的阴。所谓色彩的真实一定是向人展现易于记忆的视觉空间，或是从未有过的视觉体验。

户田正寿的这两张海报的别具一格处除了在于其中体现的东方情结外，最特别的是它的游离的精神状态，游离于远古与现世、游离于已知与未知世界神秘关系间的情绪。户田的这件作品，预示了现代海报设计的一个新的觉醒，即我们如何找到一个让人工物和自然物互融的切入口。由此可见，户田的前卫性在于不只是想和说，而是着着实实地先行了一步。户田在维护现代设计的尊严和开拓新素材新媒体方面很执著，他之后用X光摄影来创作作品即是很好的一例，他常常用作品告诉我们他所发现的那些物质与物质之间神秘的关系。他不同于其他人的是不过分注重人对物的能动感受，而强调人自身的能动思维。人们习惯于将技术与思维分离，户田却是自觉地游离于两者之间，如同《VIVRE21》中表现的那样。

酒会散了以后，踏着东京秋夜的凉风，我们又走去喝啤酒，一路上在我眼前游来游去的竟都是些红红白白、神神秘秘的奇异物体的影像。依稀听到有人在问我什么，我不自禁地答说："要出版，要出版！"听者满头雾水，只道："他魔症了！"

但我心里很清楚：我决定了什么。

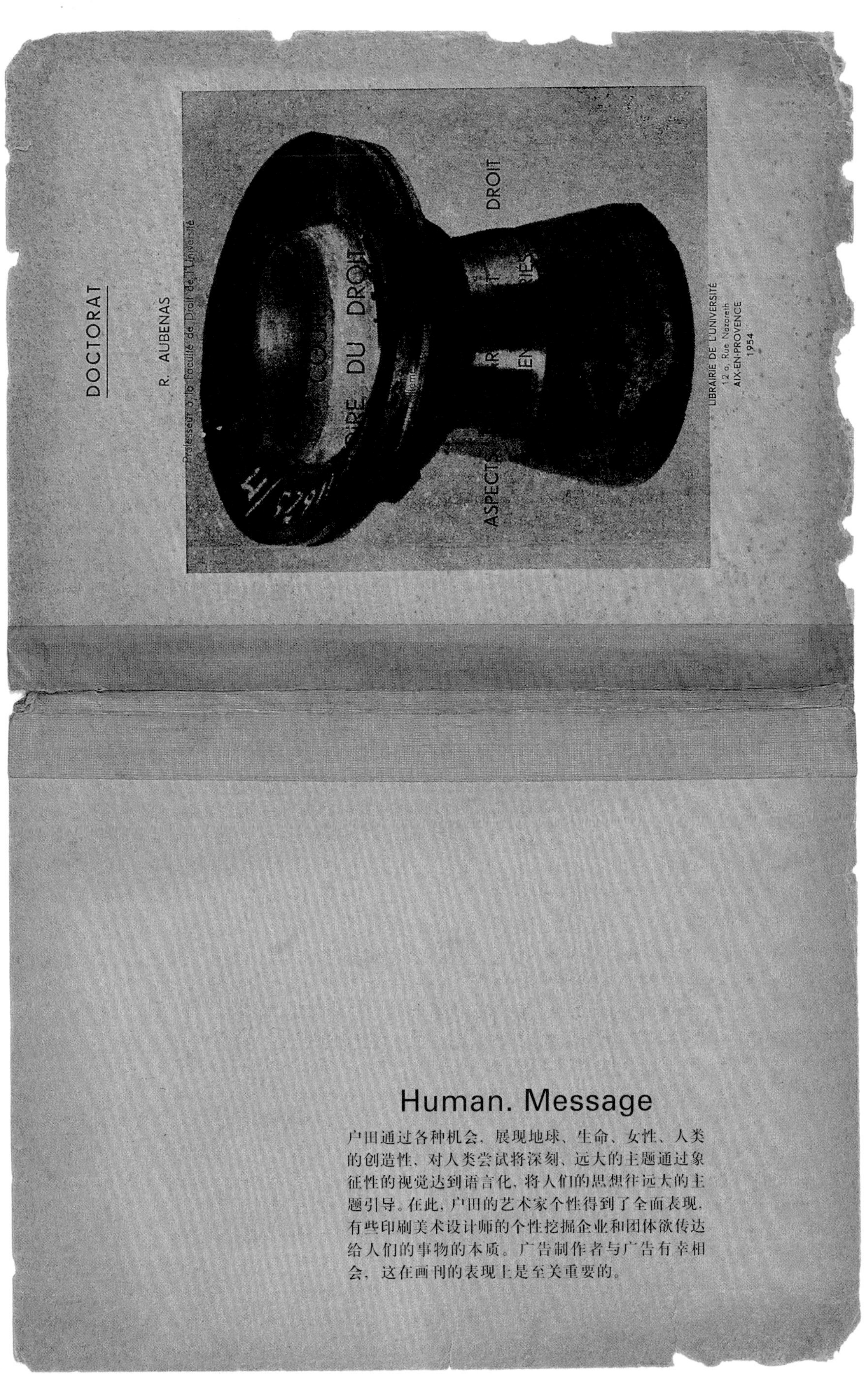

Human. Message

户田通过各种机会，展现地球、生命、女性、人类的创造性、对人类尝试将深刻、远大的主题通过象征性的视觉达到语言化，将人们的思想往远大的主题引导。在此，户田的艺术家个性得到了全面表现，有些印刷美术设计师的个性挖掘企业和团体欲传达给人们的事物的本质。广告制作者与广告有幸相会，这在画刊的表现上是至关重要的。

001

○新闻业／Journalism
将新闻业的重要性及发送者与接收者所追求的姿势记号化，新闻业将在画刊上一展风姿。在此，新闻文化将与印刷美术设计文化有幸融合在一起。

001　1996年
新闻杂志“AERA”的语言广告画。把人类的身体作为主题进行制作。为了表现新闻的重要要素——写实主义，采用CG以便不使人们感觉到像是在处理数据。

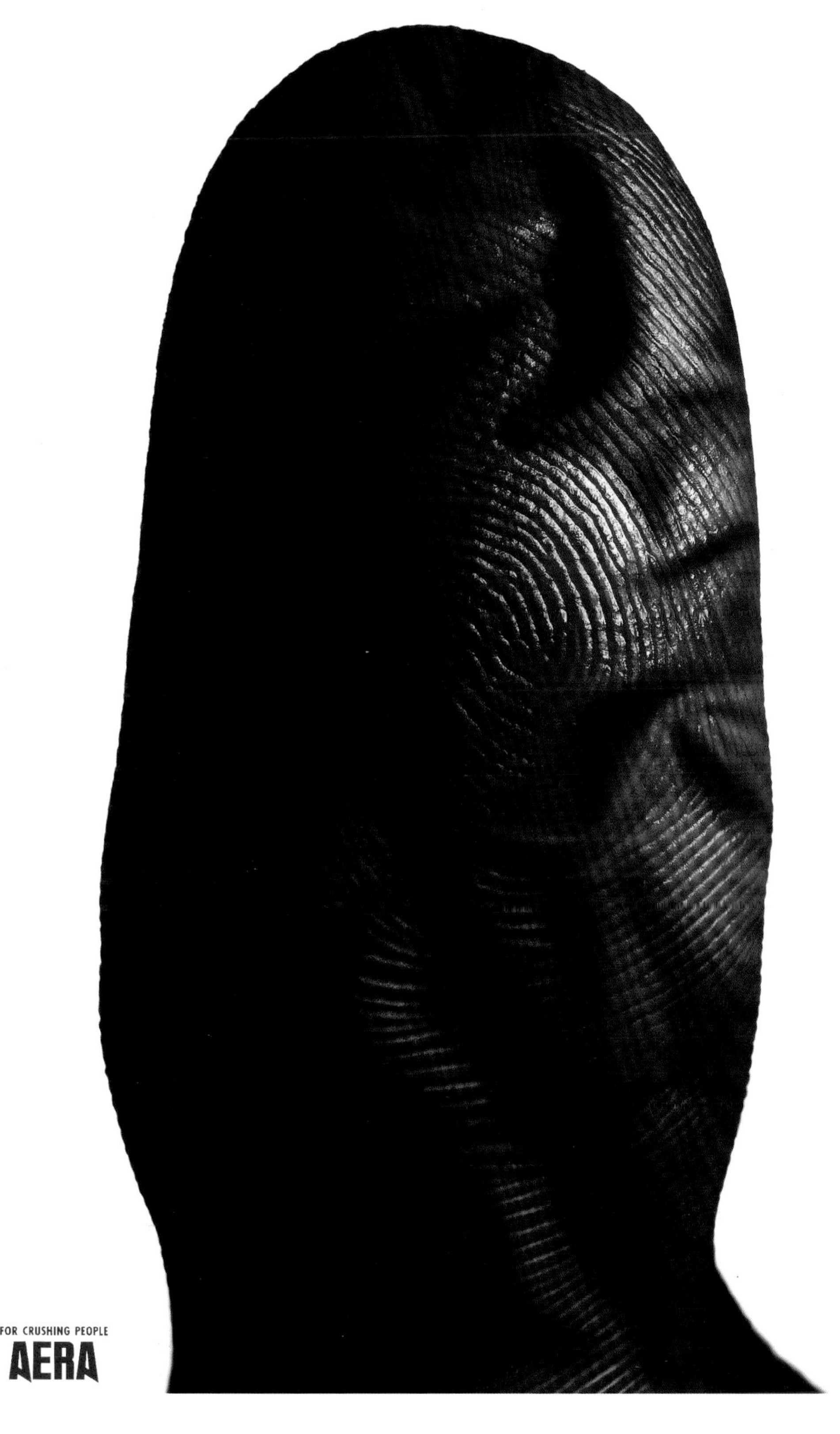

002

002　1998年
"AERA" 传真宣传画，大拇指的指纹能说明人的个性及人本身。"AERA" 细腻地表现指纹，从正面抓住人们的苦恼和问题，体现出这本杂志的特点。

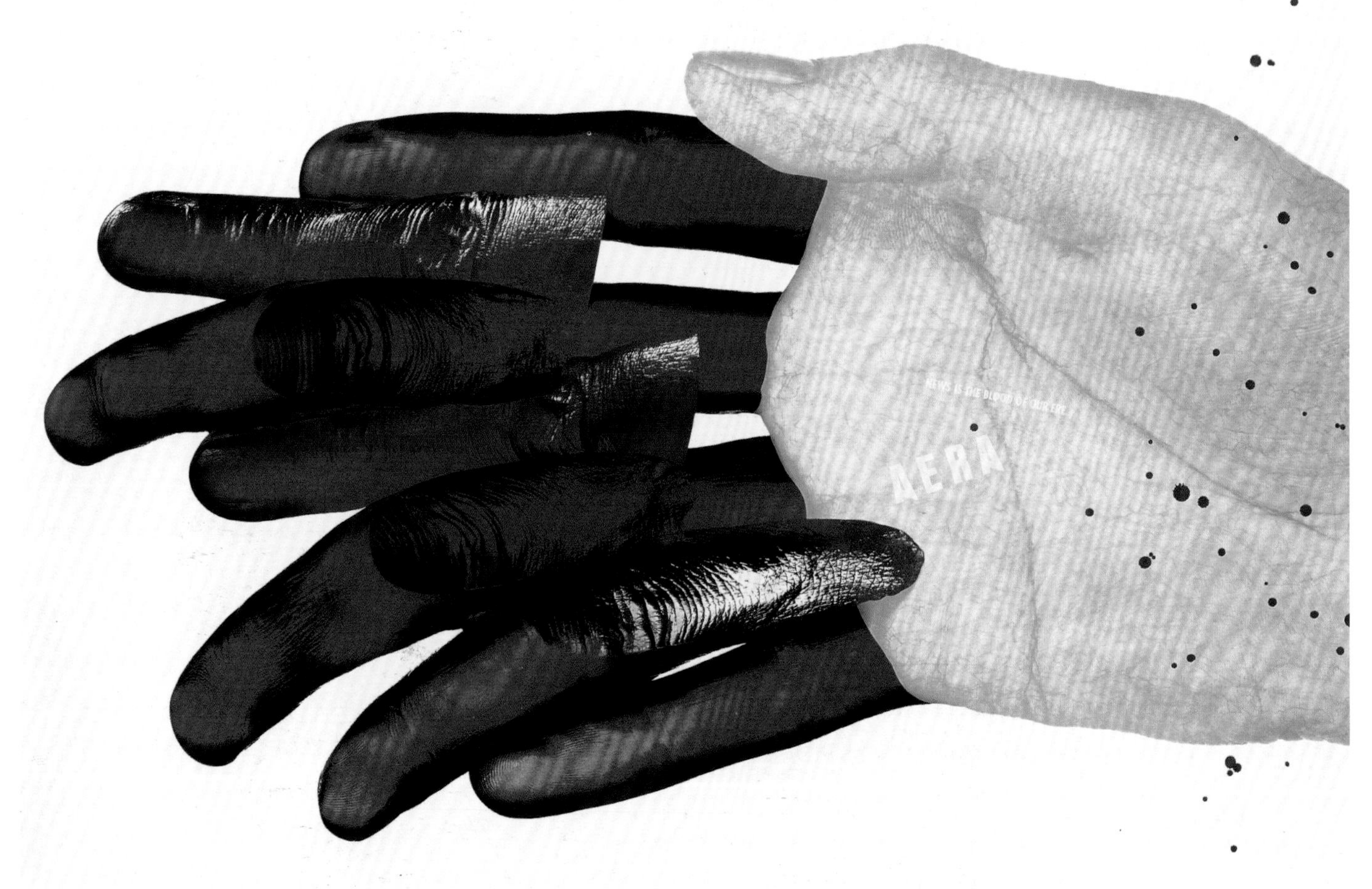

003

003　1999年
“AERA”传真宣传画。在指纹上采用CG处理，使毛细血管突现，表现出“AERA”所传达的情报的现实性，紧迫感。传达了“AERA”所拥有的热情部分。

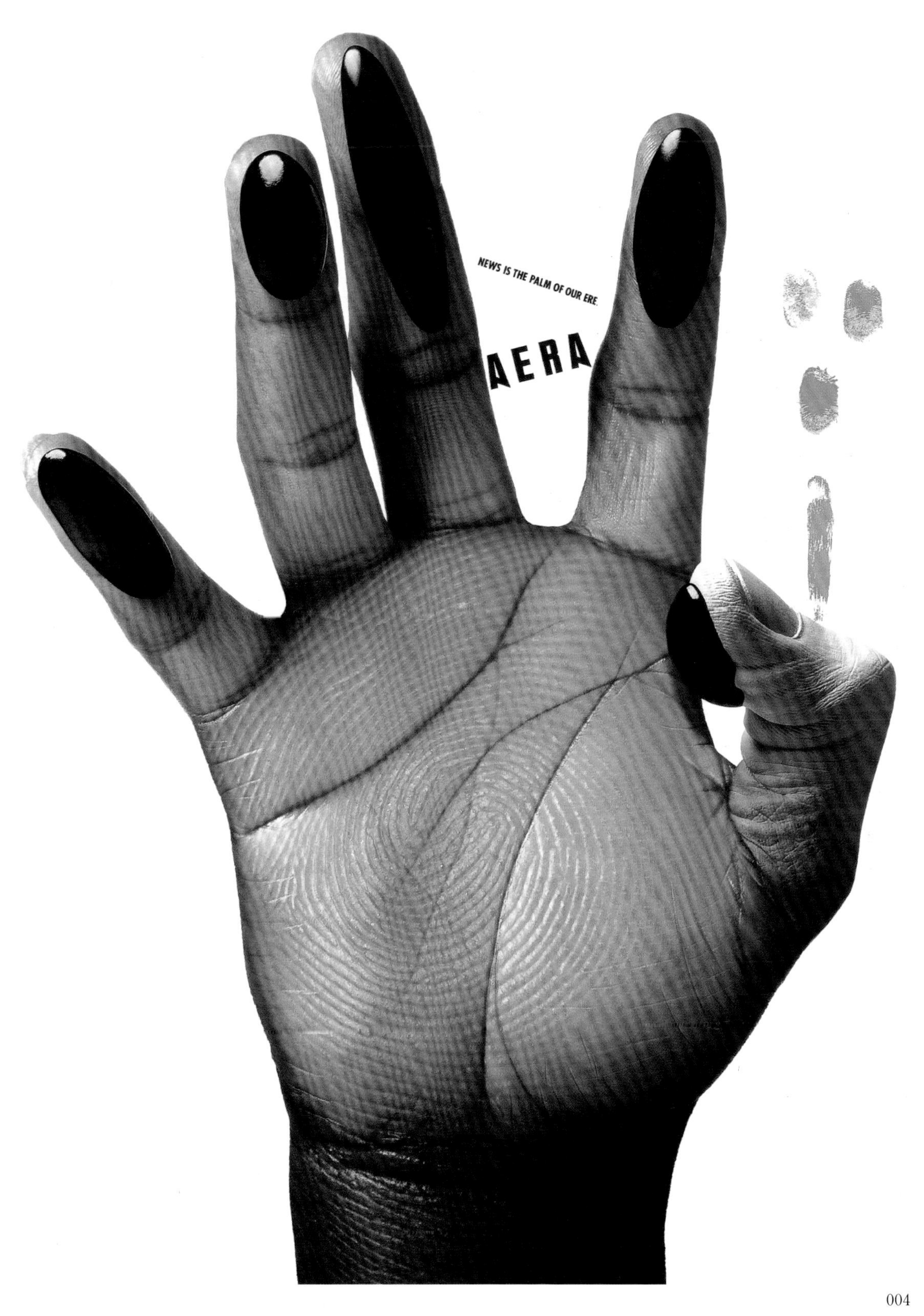

004

004　1999年
“AERA”传真宣传画。手相上刻着一个人的过去的历史，同时也暗示着未来。利用CG处理把指纹粘贴到手掌的手相部分。“AERA”时代能同时表现宏观及微观的视线。

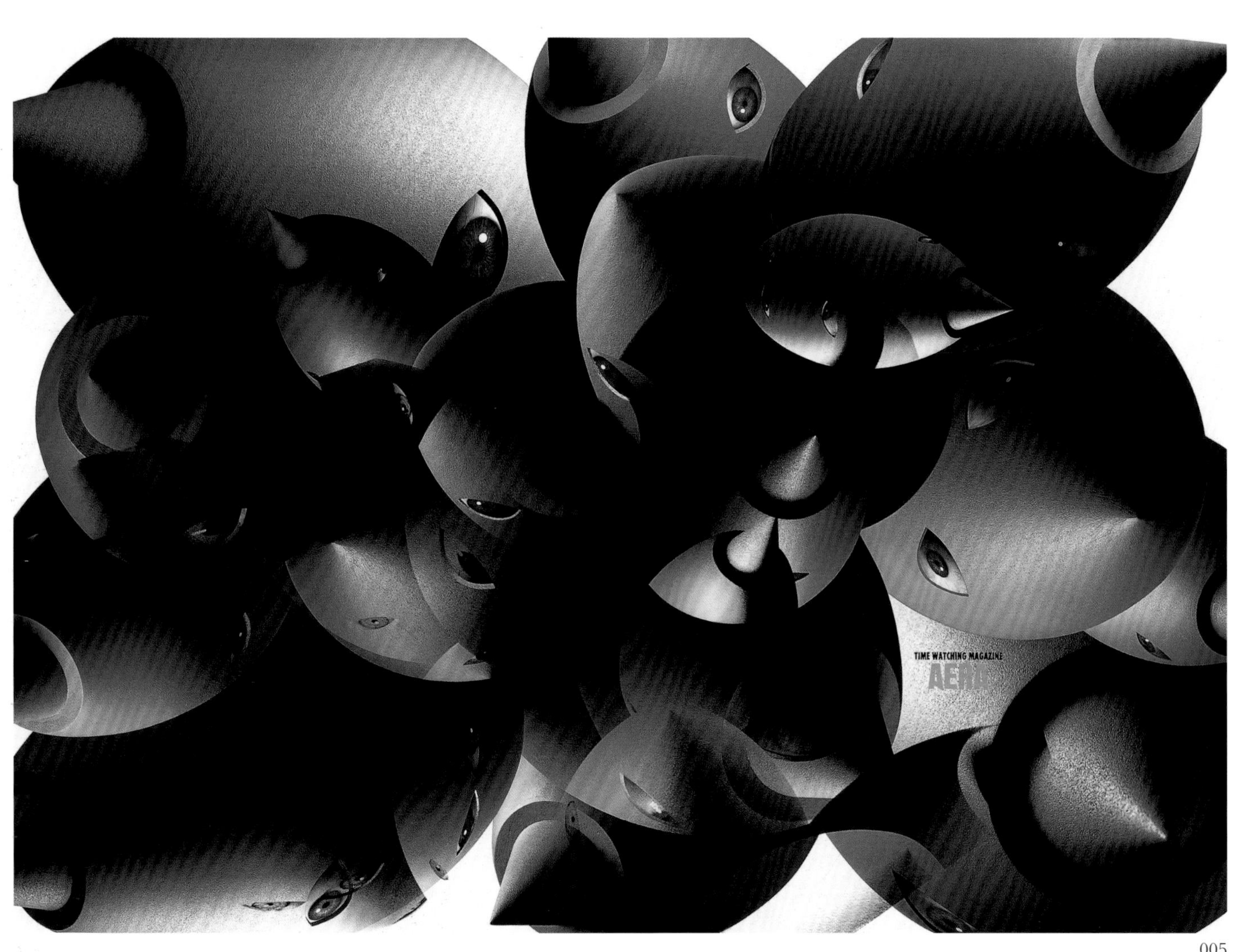

005

005　1999年
“AERA”传真宣传画。配上各种各样大小的眼睛，表现无机质感的物体，表示包罗万象、人种、多义的世界，社会现象，也表现了撰稿人的视线，配上多种角度，象征撰稿人的头像“行动的凝视”。

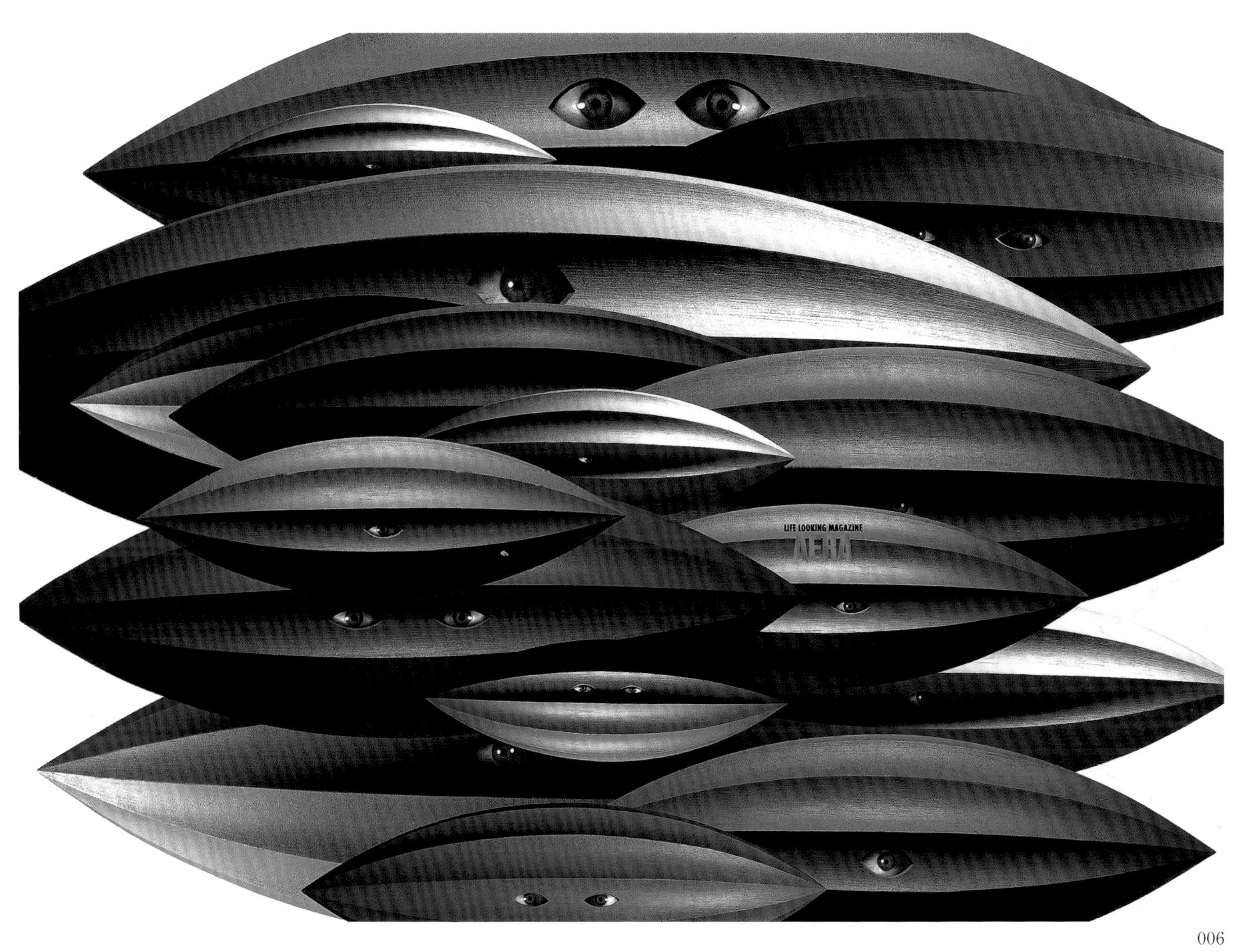

006

006　1996年
“AERA”在平行的位置上配上同样大小不同的无机物体，用很有毅力的、一贯的视点注视着社会，树立“AERA”的报道形象。

007

007-008　1997年
从心灵的窗口眼睛里，把瞳人作为主题，强调关心多姿社会现实的记者的视线、姿态。瞳人的多种造型分人种的东、西、南、北，价值观的差异，眼睛透视事物本质的重要性。
瞳人里的“AERA”，并不认为是理论脱离实际，偏重知识，包含着用充满血的“心”来编辑杂志。作为画刊语言的瞳人，“AERA”愿成为人们心灵的窗口。

008

amaranth

010

009-012　1997,1995,1990 年
杂志封面的艺术编辑(1997)将照片连接起来展示面对东京湾海岸的水平线，暗示了人的生命与息息相关的城市和大海母亲的关系，以及它的历史及将来。自然与城市共存污染的世界，用一条线来连结所显示的美。1990 年和 1995 年摄影师坂田荣一郎把“AERA”封面上的照片汇总，出版了一本写真集，在图书设计同时，也加入了解说。

THE TOKYO BAY STORY
東京湾岸物語
Ecology of People & Sea 人と海のエコロジー

AERA
'97.5.19〜
No.X 定価360円

009

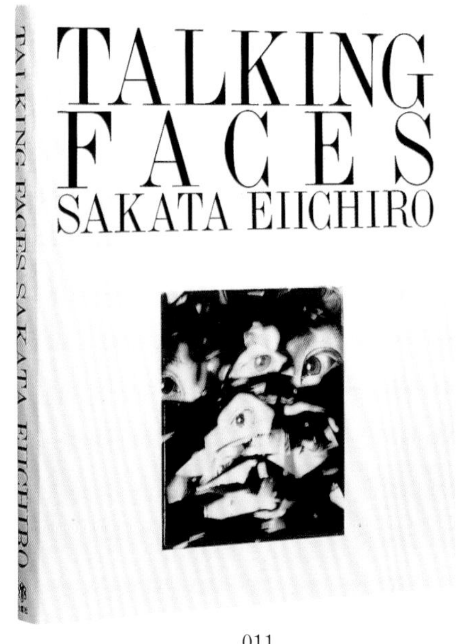
TALKING FACES
SAKATA EIICHIRO

011

SAKATA
Photography
amaranth

012

013

013　1998年
“AERA”创刊时的新闻广告，“人类自我的极端表示＝国境线”，整张展开没有国境线的世界地图。“一个世界”这本“AERA”杂志传达了渴求和平、自由的概念。

014

014-016　1998,1990,1992-1995年
朝日报社是日本最具代表性的报社，它发行有最优秀的期刊“AERA”，他从创刊开始就担任美术指导，给人留下的印象是明晰、成熟的思考力。“AERA”性格(上)、文字说明(中)、封面设计(下)。

AERA

015

016

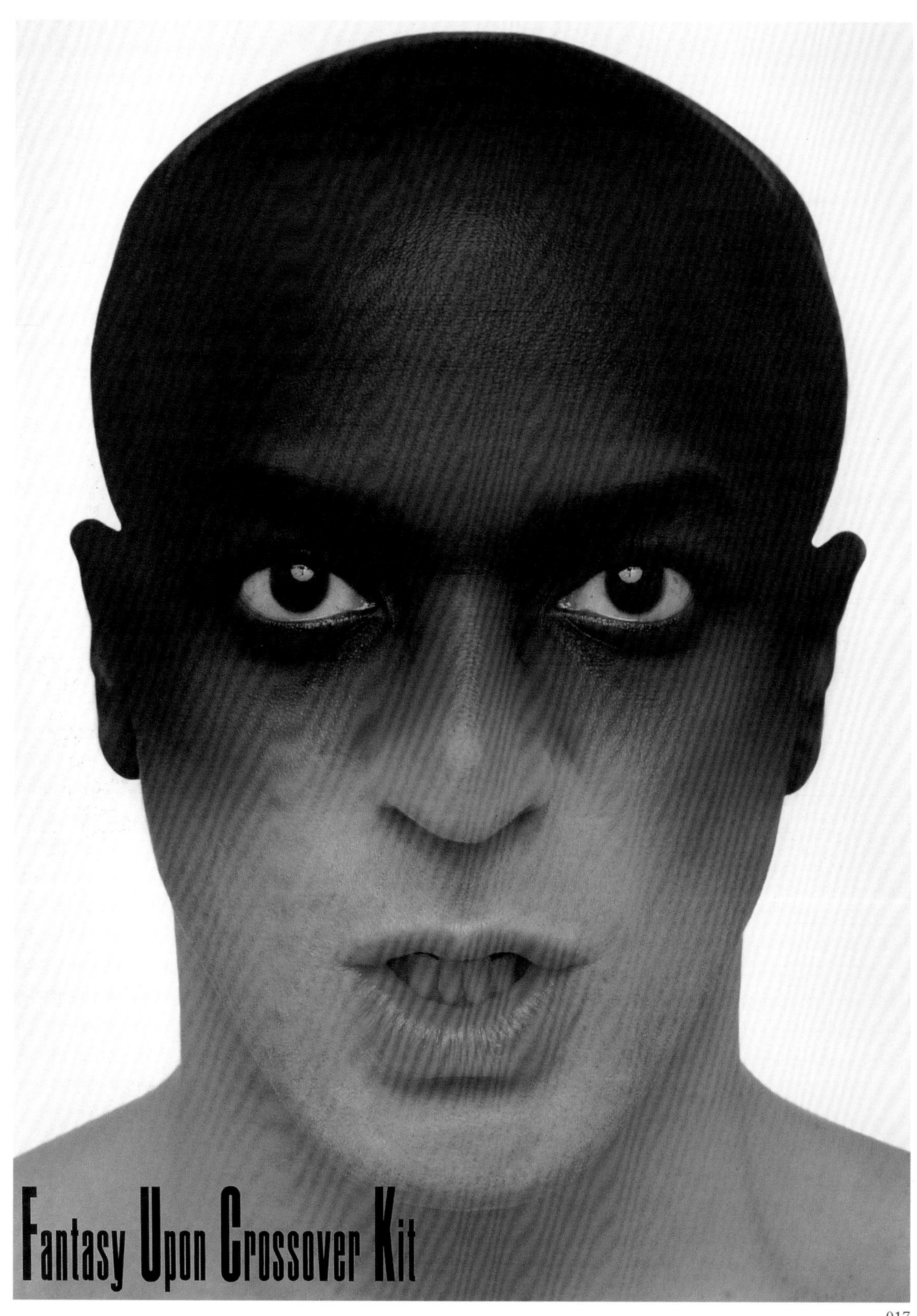

017

017　1997年
在东京ADC40周年纪念展“From Tokoy”展出的环境宣传画。通过将黑人的上半张脸与白人的下半张脸连接成一张脸，表现了从杂乱的人种、东西差异的哲学、二分法世界观的局限和矛盾中脱离出来的愿望。

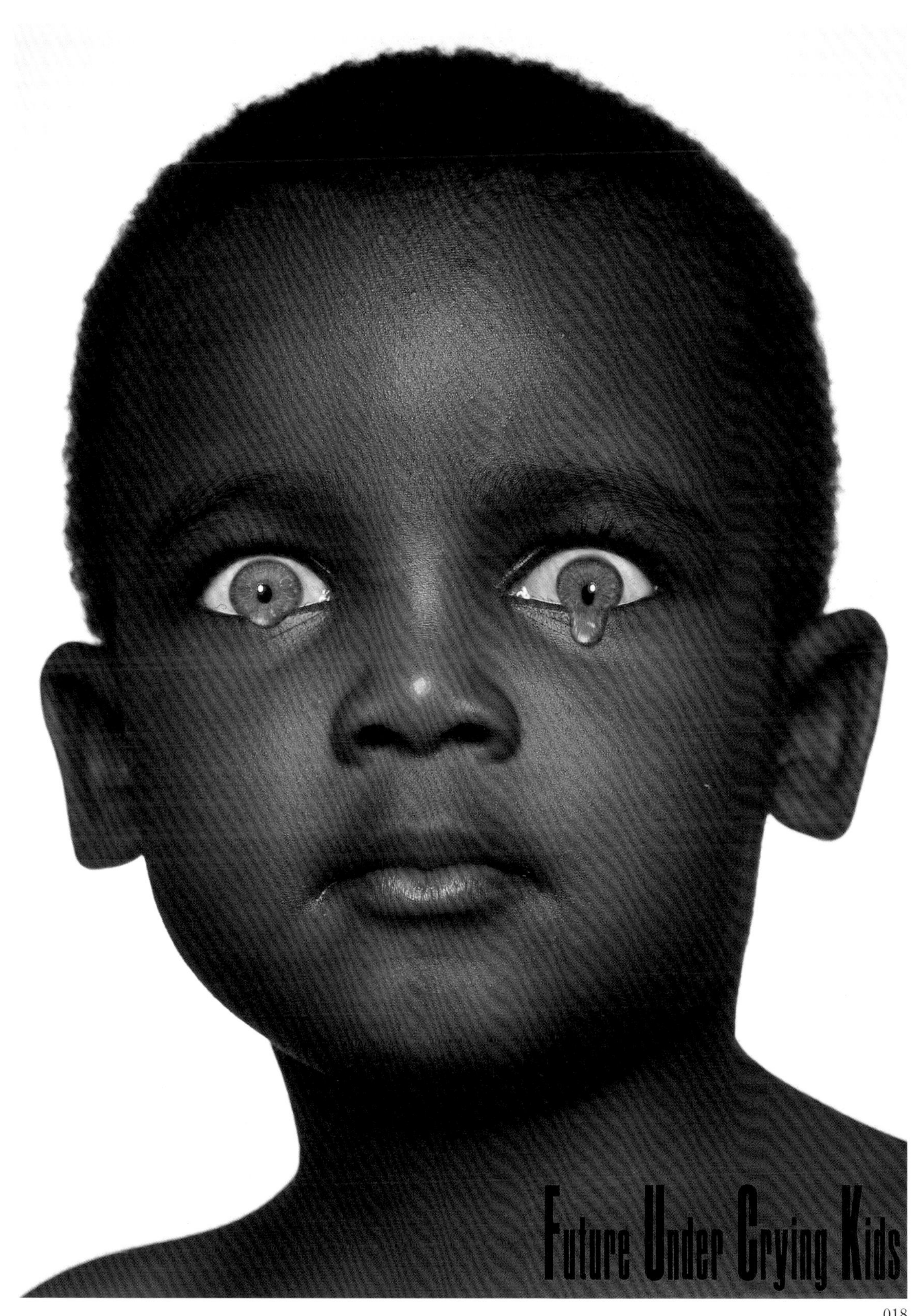

018

018　1997年
“From Tokoy”环境展宣传画，在黑人少年的脸上，放入白人的瞳仁，利用CG使瞳仁里流出泪水，面对如此的世界，一群前途渺茫的少年。这幅照片所追求的艺术表示是用茫然的目光来传达内心深处的悲哀。

019

○生命 /Life
使用(未涂油漆的)原色木，自然光要素来展现日本式审美世界(生死观、时空概念、自然观、生命的本质等)，制作过程中要有意识地遵循一定的尺度，尝试即兴创作，对尺寸的掌握不要过于放任、自由，而要时常注意创意。

019　1982年
“画廊LUFT”的广告画系列“梯子”。概念的中心是自然，日本人对原色木情有独钟，有种神圣清廉感，同时心中会升腾起面对死亡的想法。生命与原色木创造出来的世界里凝聚着“自然”。

020-022　1985年
"画廊LUFT" 广告系列
"椅子"(左下)、"书柜"(右上)、"书桌"(右下)用这个系列来设置尺度(规则)。①角度根据自己的视线。②按原尺寸大小。③不要有背影。④不要打光线(自然光)。

021

020

022

023

023-026　1984年
印刷公司“Linea Fresca”广告画系列。

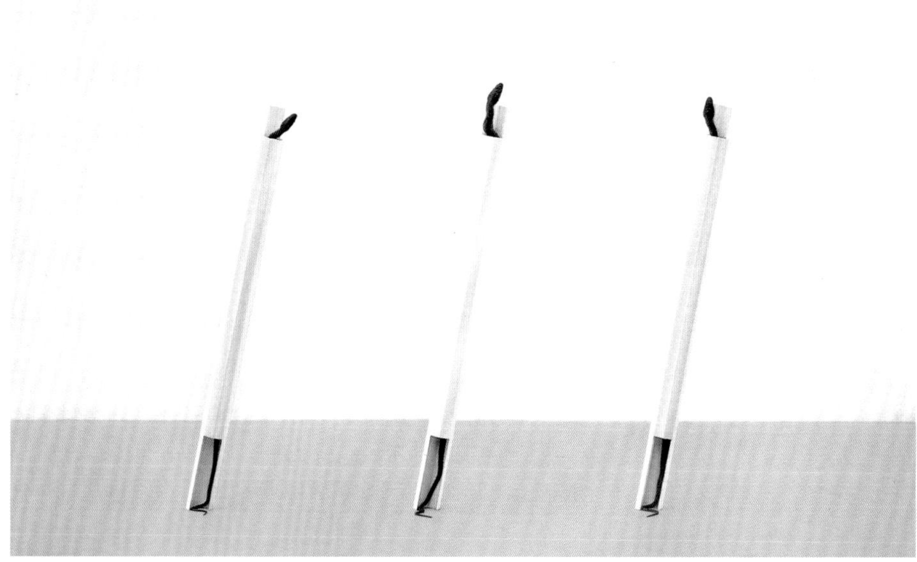

024

025

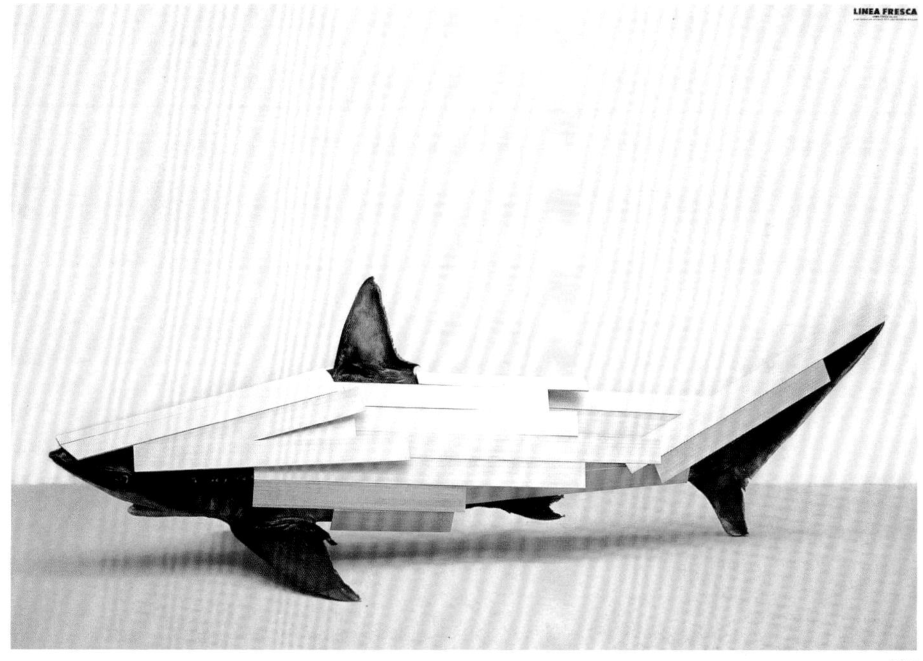

026

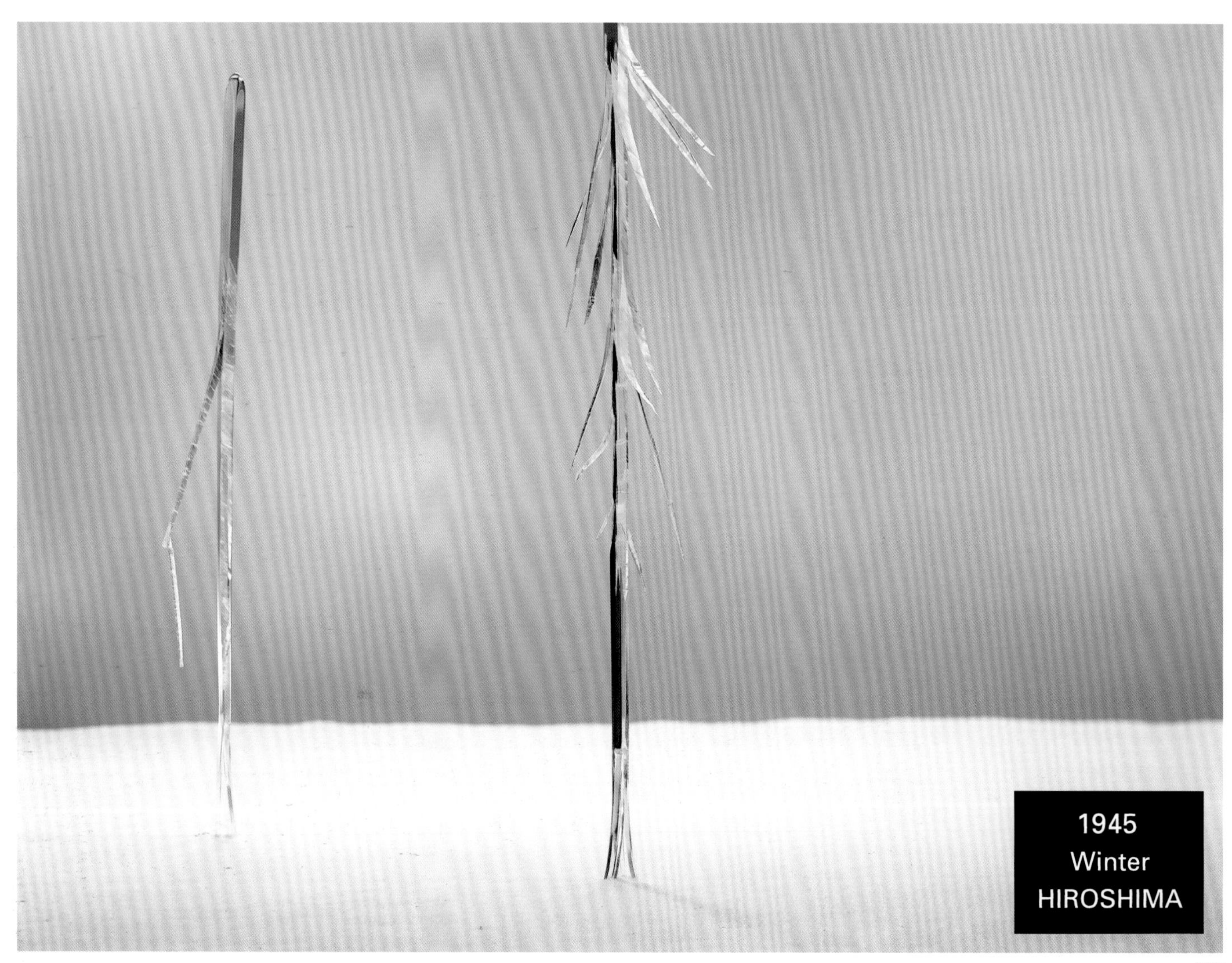

027

027　1986年
传真广告画
在日本称得上是巨大的尺寸(1756mm × 2500mm)。叶子枯落的树木形象，无需语言说明，只需视觉语言，表现的主题是广岛原子弹爆炸。宣传画的大小对表现原子弹爆炸，原子能所具有的影响力的大小，有着直接的关系。表现悲惨光亮刹那间的光芒，把水晶选为素材，制出使人感到比较自然的灯光在光线上要有突破。

028　1986年
“1945.8.6 Summer HIROSHIMA”
盛夏阳光中耸立着的树木。

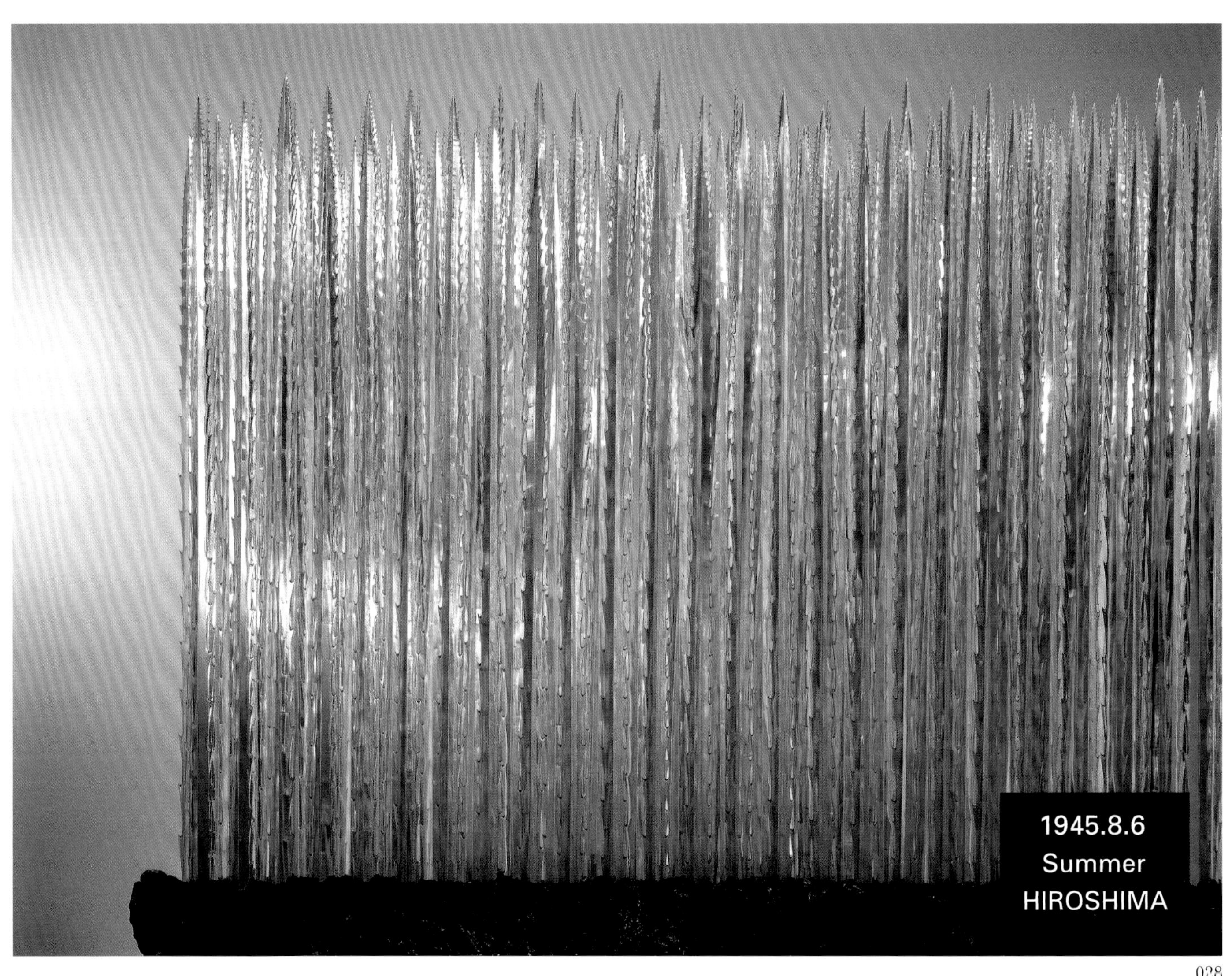

028

029

029　1986年
“1945 Fall HIROSHIMA”原子弹投下之后的秋天树木枯萎。

030　1986年
“1946 Spring HIROSHIMA”
1946年春，树叶迎风摇曳，自然界充满生机。

030

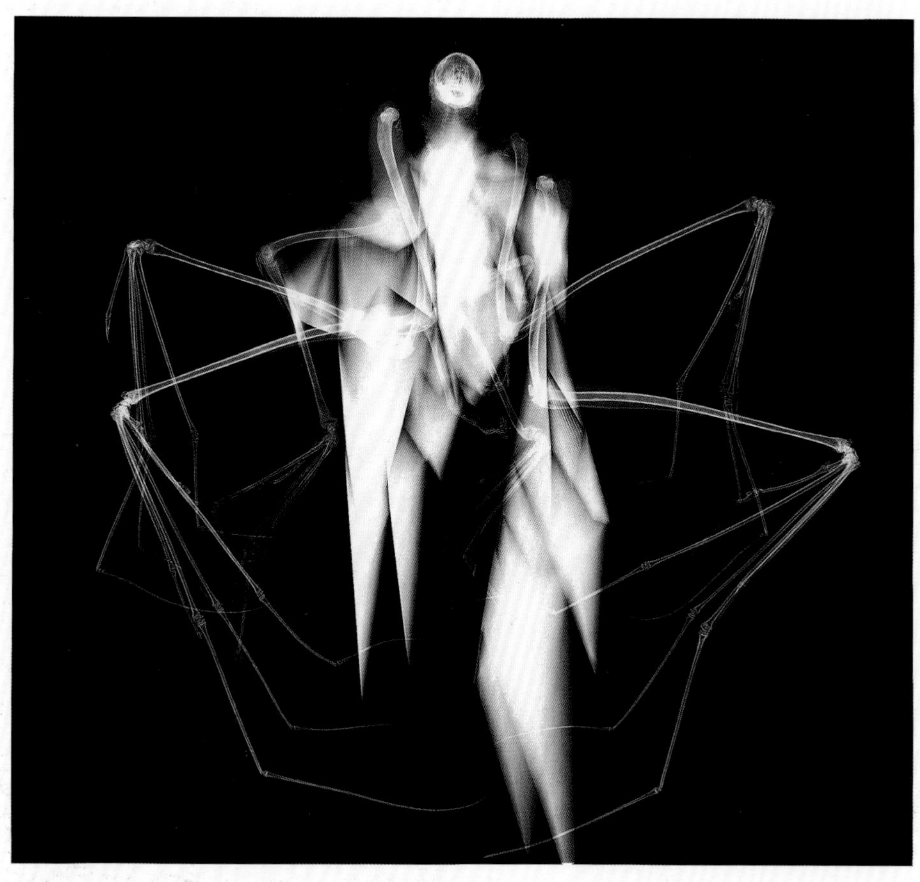

031

○建筑物／Architecture
根据x=t的公式，将美术(艺术)进行物理透视，x是x线写真，t是时间。利用x线来摄下时空，x是谜，t是户田(Toda)本人。即户田利用x线向神秘的美挑战。

031　1995年
x线写真美术(艺术)宣传画。利用蝙蝠，作者的肖像。

032－034　1996年
x线写真美术宣传画。以4只手来表现祈求。发光的灯来代表广岛原子弹(上)。在巨大的建筑物上装上一条可活动的瀑布，在大风中冲泻下来。一条丑陋的虎头鱼，朝天游动。出现在这个系列中的动物都十分丑陋，但内心骨子里却透出美(中)。所设计的纪念馆是用木头建成的，内部有流水，小鲳鱼在游动(下)。

X=t
The Art of X-Ray Photography
SEIJU TODA

032

X=t
The Art of X-Ray Photography
SEIJU TODA

033

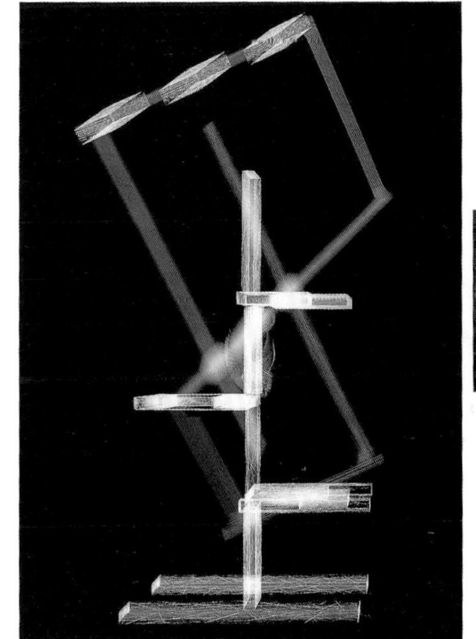

X=t
The Art of X-Ray Photography
SEIJU TODA

034

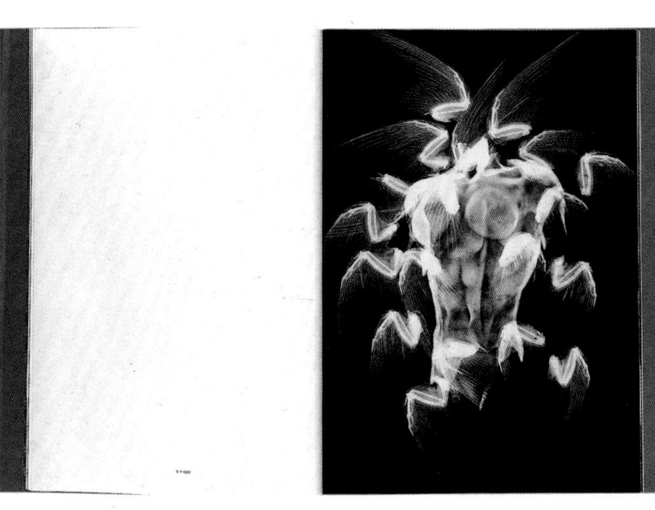

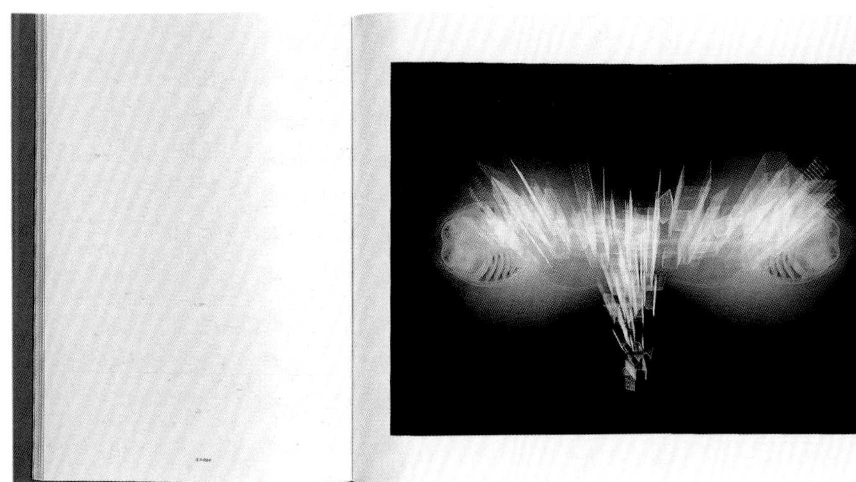

035

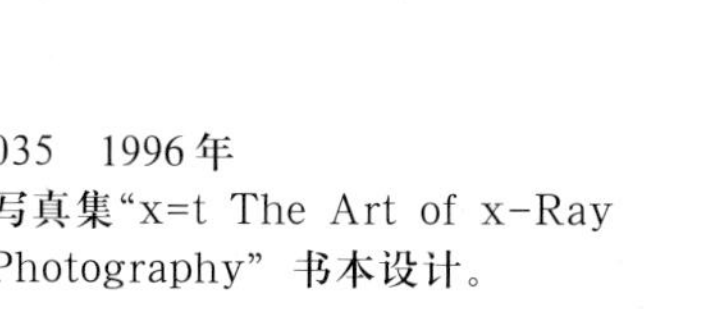

035　1996年
写真集“x=t The Art of x-Ray Photography” 书本设计。

036-037　1997,1996年
写真集“x=t The Art of x-Ray Photogaphy” 在美国及欧洲等地广泛出版发行，得到了较高的评价。为了纪念出版，在美术馆举办了纪念性作品展出。

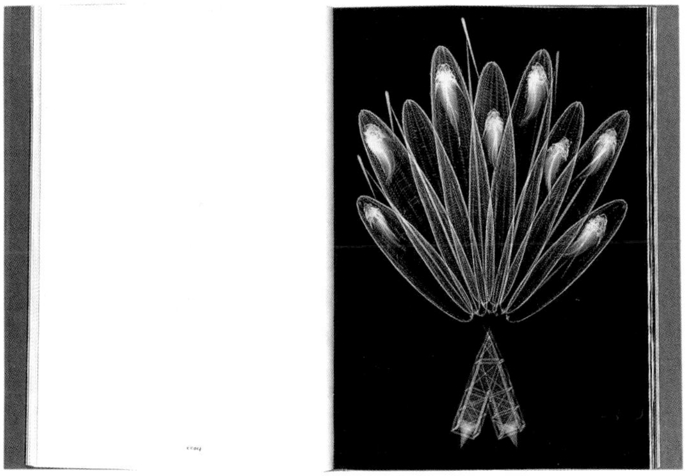

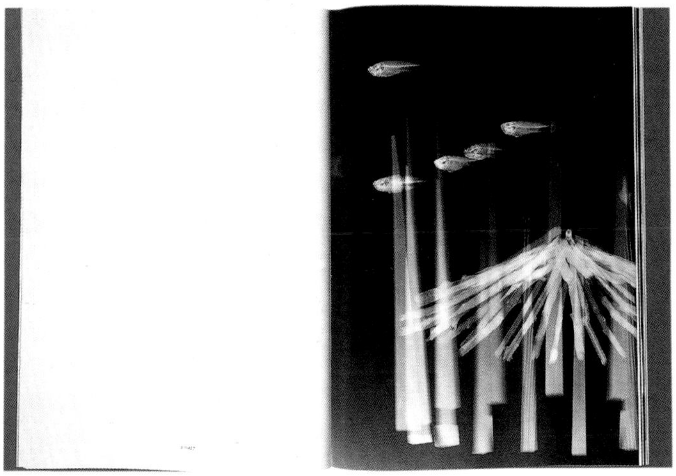

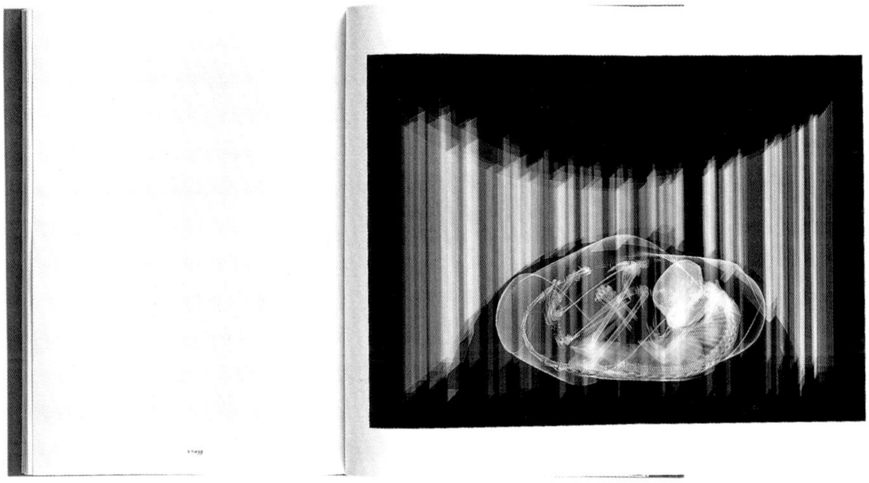

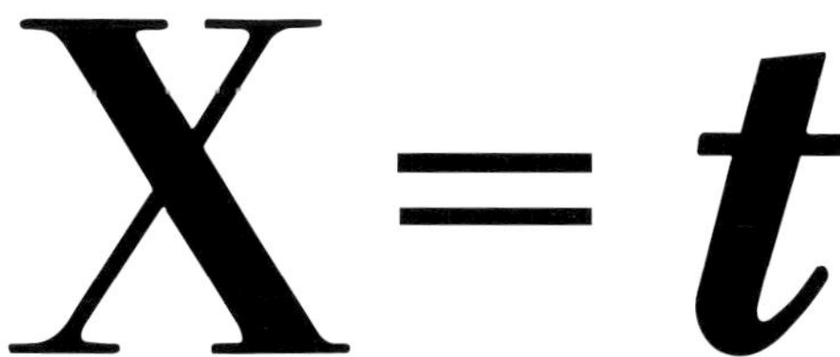

036

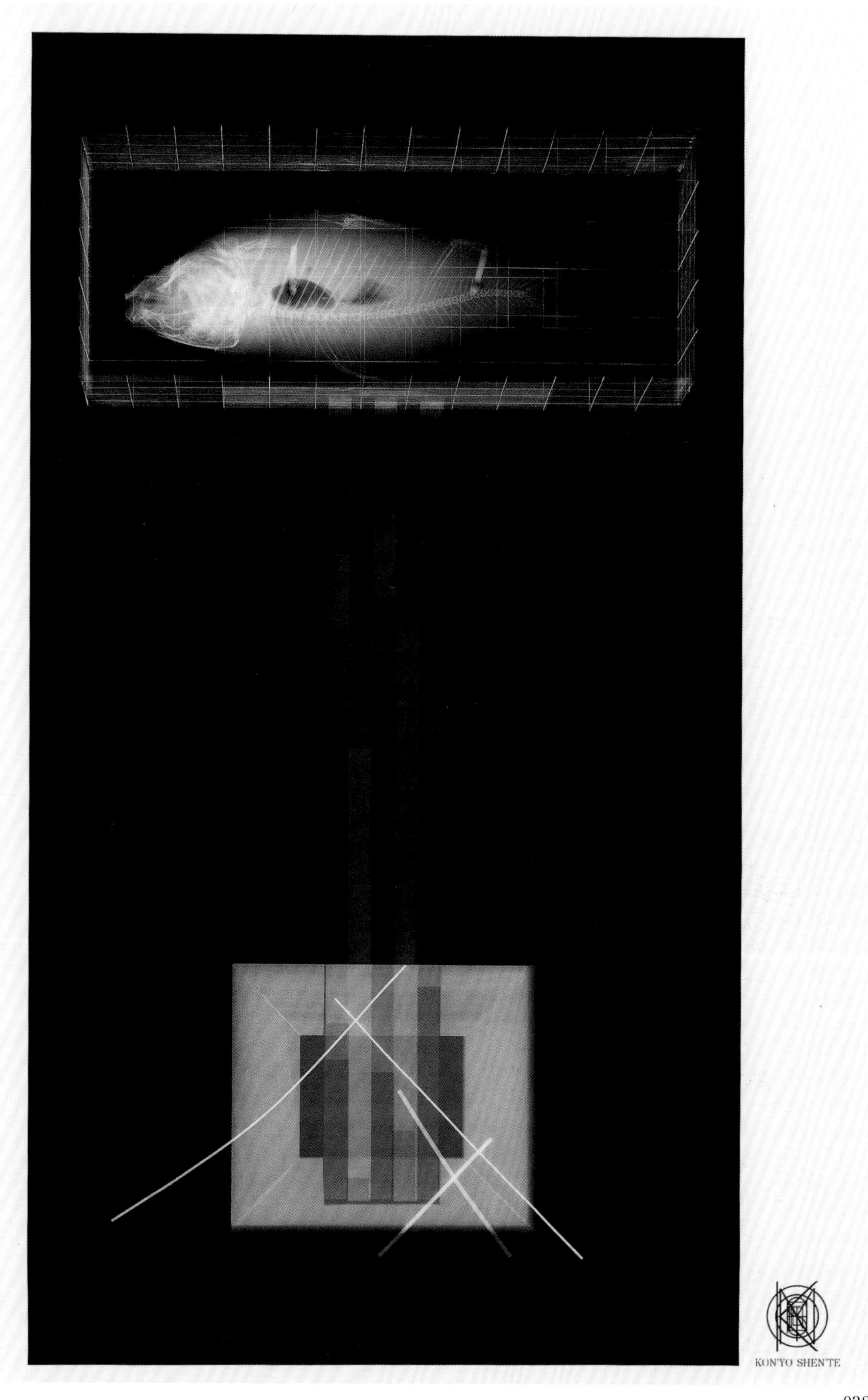

038

038-039　1990年
这是幅商店的宣传画，这家商店集中了世界上活跃的艺术家的作品。这幅作品户田首次采用了x线写真手法，表现了蛇与鲤鱼的形象。

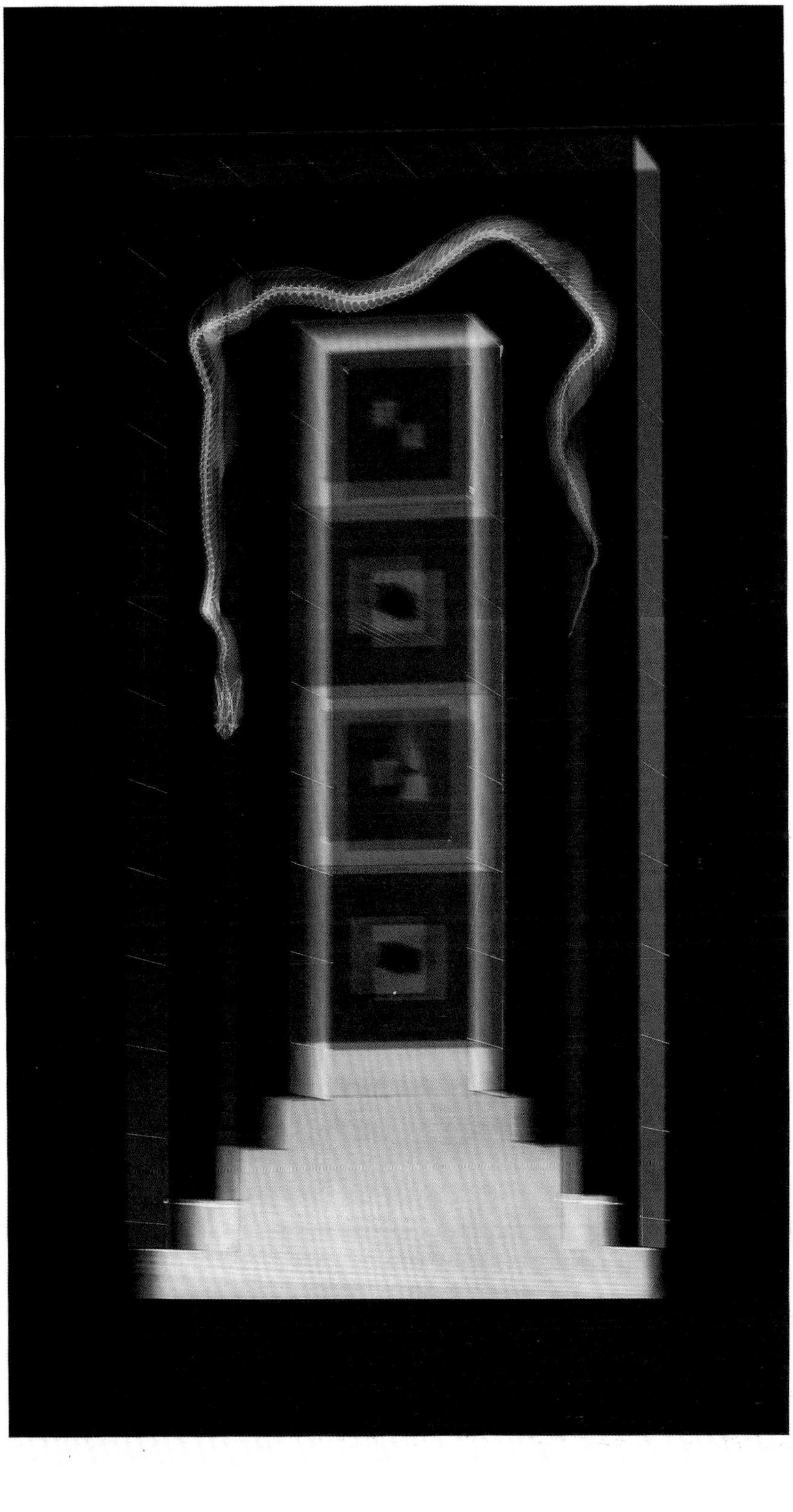

039

THE JOHNS HOP
American Journal of Insa
ress. $5 per volume.
American Journal of Mat
4to. Volume XXXVII
fifty cents.)
American Journal of Phil
8vo. Volume XXXVI
fifty cents.)
Beiträge zur Assyriologi
HAUPT and FRIEDRICH
Elliott Monographs in the
C. ARMSTRONG, Editor.
Hesperia. HERMANN COLL
bers have appeared.
Johns Hopkins Hospital B
ress. $2 per year.
Johns Hopkins Hospital R
volume. (Foreign pos
Johns Hopkins Universit
8vo. Volume XXXIII
Johns Hopkins Universit
Annual Register, and
Editor. Monthly. 8v
Modern Language Notes.
C. C. MARDEN (Mana
progress. $2 per volu
Report of the Maryland
Reprints of Economic Tr
progress. $2 net.
Terrestrial Magnetism an
Quarterly. 8vo. Vol
postage twenty-five ce
POEMA DE FERNAN GONÇ
$2.50 net.
THE TAILL OF RAUF COI
pp. $1 net.
STUDIES IN HONOR OF PRO
THE PHYSICAL PAPERS OF
ECCLESIASTES: A New
50 cents net.
THE BOOK OF NAHUM: A
pp. 50 cents net.
THE HAGUE PEACE CONF
Scott. Vol. I, The C
$5 net.
DISTURBING ELEMENTS IN
By James Bonar.
THE ECLOGUES OF BAPTIS
156 pp. $1.50.
THE PISCATORY ECLOGUES
Mustard. 94 pp. $1.
DIPLOMATIC NEGOTIATIONS
C. O. Paullin. 380 pp
FOUR PHASES OF AMERIC
perialism—Expansion.
AN OUTLINE IN PSYCHOB
$1.25.
THE DIPLOMACY OF THE
$2.50.
A complete
Those marked
*I. The Republic of New
II. Philadelphia, 1681-18
ROSE, A.B. 444 pa
*III. Baltimore and the
BROWN. 176 pages
IV. Local Constitutional His
Ph.D.—Volume I—
542 pages. 8vo.
VI. The Negro in
8vo. Clo
VII. The Suprem
Ph.D.
*IX. State and
250 pag
X. Spanish In
380 pag
XI. An Introd
250 pages.
*XII. The Old Engli
Cloth, $1.
*XIII. America: It
*XV. The Southe
XVI. Contempora
HAZEN,
*XVII. Industrial
ELEA
*XIX. Irriga
XX. Financ
8vo.
XXI. Cuba
Clot
XXII. The A
8vo.
XXIII. Herber
XXIV. A Hist
Clot
XXV. The F
K.
XXVI.
I. The
of State Cons
$2.00.

Fashion Message

推动时兴(流行)的是“女人”。作为艺术指导把世界一流的模特儿、摄影师、插图家等优秀的艺术家集中起来，来表示女人的存在。

040

○ VIVRE21
聚集在妇女时装商店，批发大厦的妇女们。把她们的好奇心、欲望，喜怒哀乐的感情，躯体等各方面汇集拼凑到一起来表现女人。

040-041　1986年
“VIVRE21”宣传画，找到东方与西方混合交融的感觉，给对日本古典舞蹈“能”有意识的，化妆过的外籍女性穿上画上插图中像铠甲似的紧身连衣裤，进行摄影，她的形象如同黑泽明电影《蜘蛛巢城》里的毒妇。

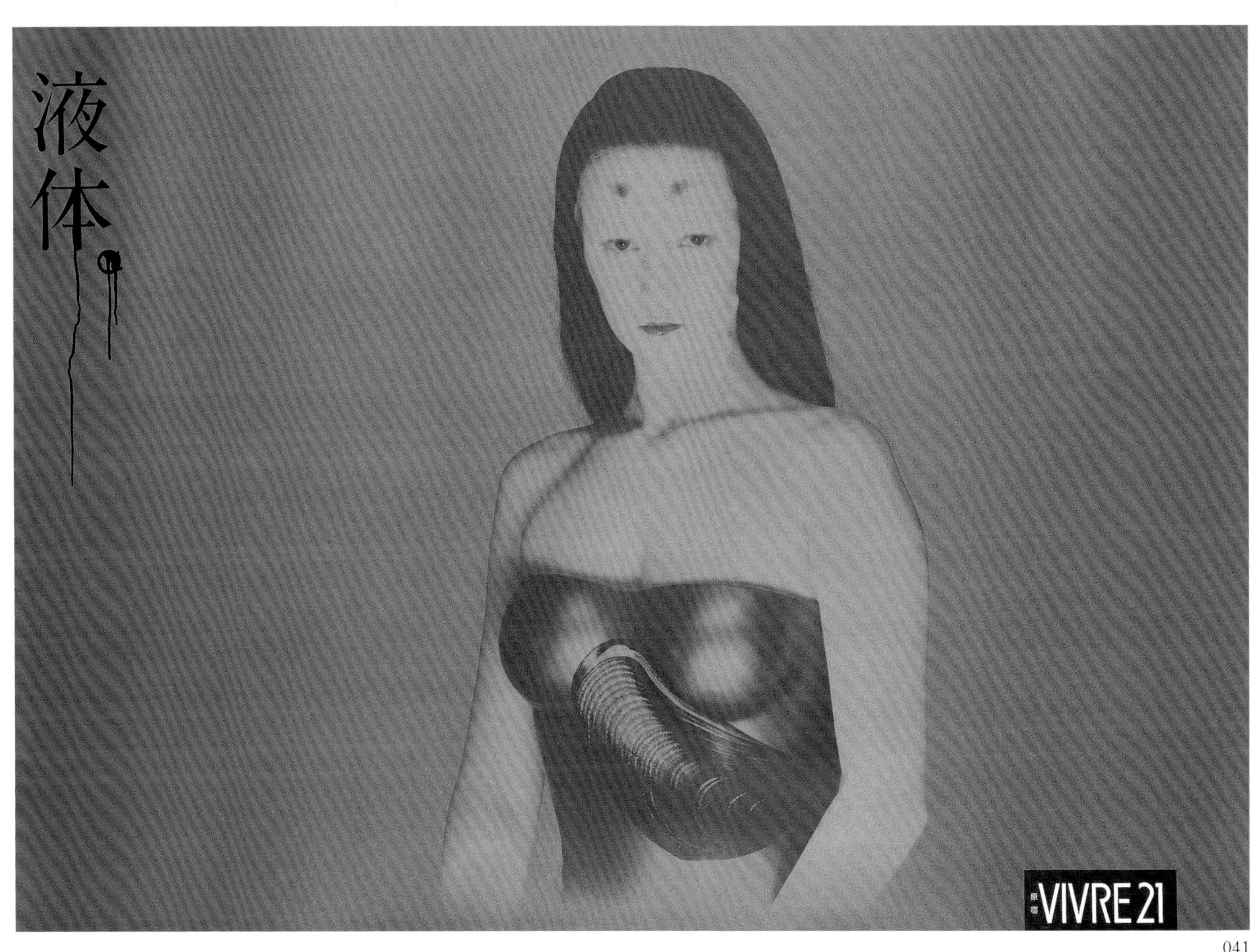

041

042

042－043　1986年
“VIVRE21”海报，化了妆的模特的形象，如同黑泽明电影《乱》中，全世界都类似的女幽灵。还有幽怨、哀伤交错、影子越来越暗淡的老年幽灵。但是她们都是无法忘怀的女人。
“VIVRE21”宣传画，模特的形象，同样在黑泽明导演的电影《乱》的世界中塑造的女幽灵。还是刚诞生的新幽灵，如同人类一样还没失去希望和好奇心。

043

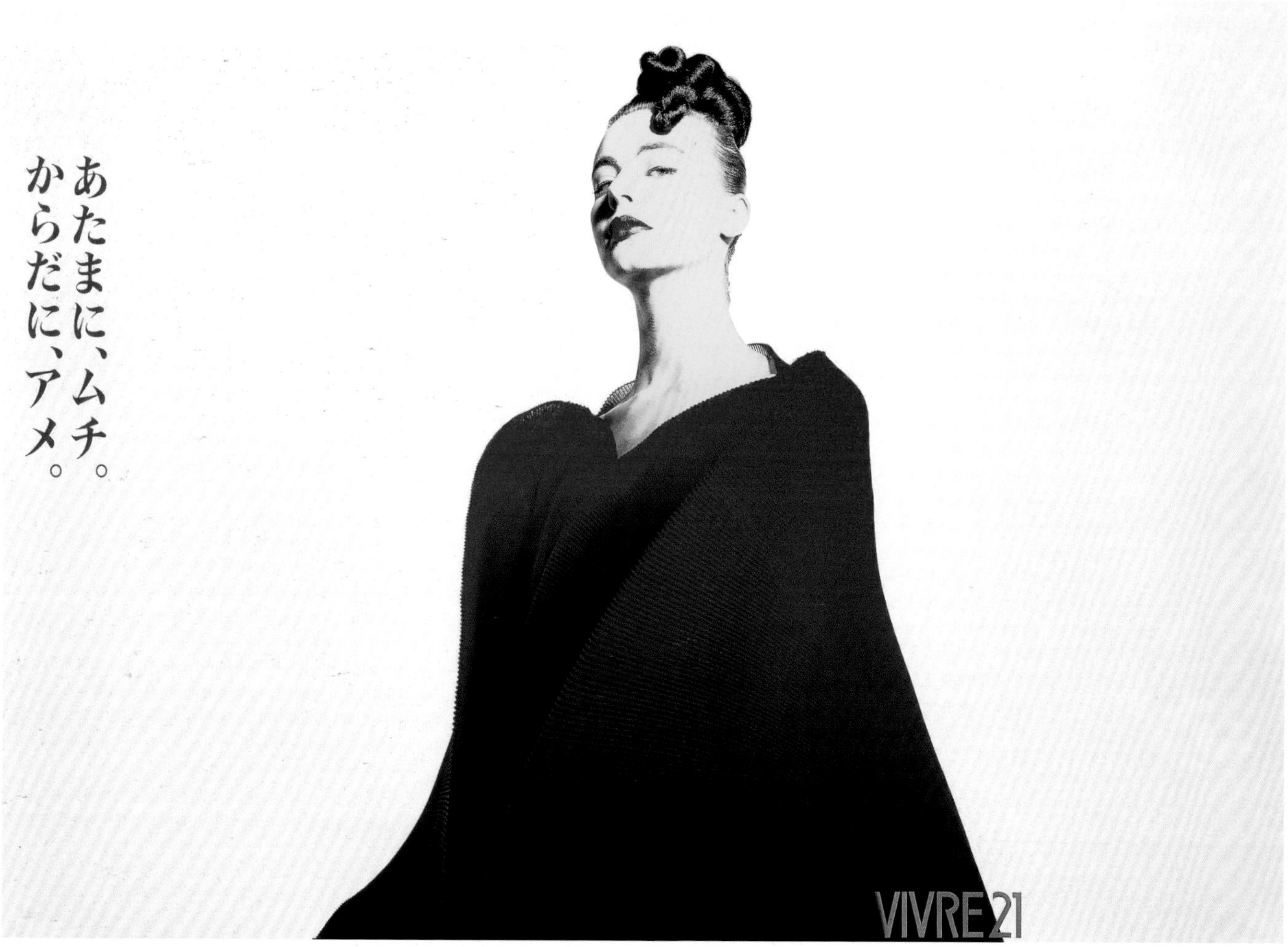
あたまに、ムチ。
からだに、アメ。
VIVRE21

044

はじめに、トゲ。
おわりに、バラ。
VIVRE21

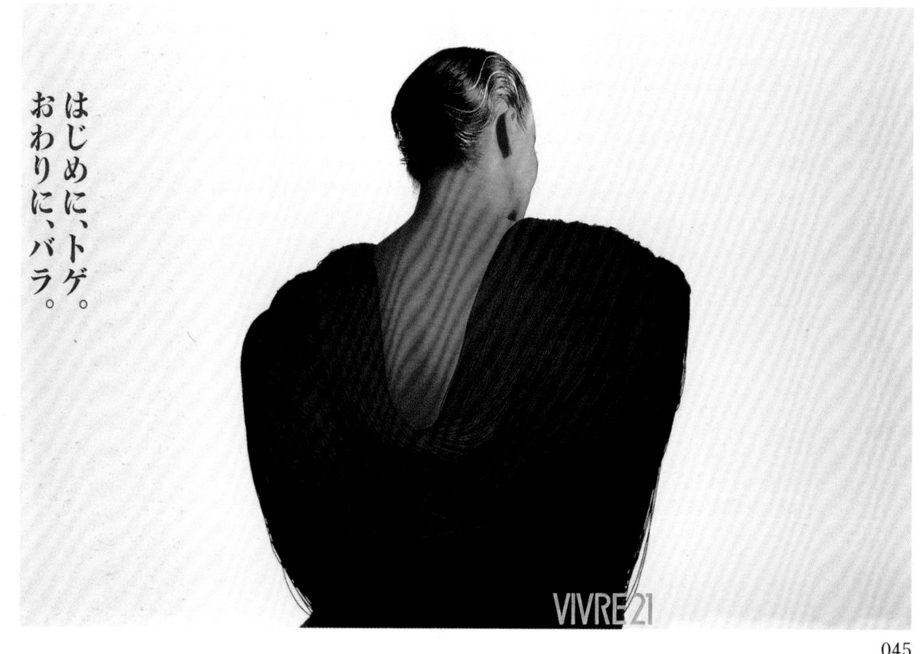

045

044-045　1984年
“VIVREZI” 广告画。尝试不断地传达时兴(时髦)这个概念。为了这幅广告画制作了新衣服。一件是做了小褶的传统服装(上)。另一件只是用布的原材料线制作的。

046-048　1986年
以女人和时髦这个概念进行各种各样的尝试，用鞋和紧身连衣裤做帽子，询问每条时兴的意思(上、中上)，表现死的形象。(中下)及丑陋女人的形象(下)。用画报语言来表达女人心灵深处希望和美好的愿望。

046

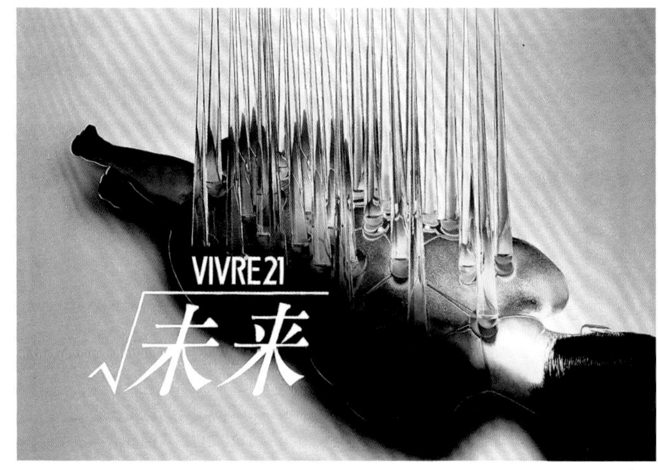

047

048

049

049-050　1988年
使嘴唇与子宫的形象融合，表现女人放纵色情的部分。这时要把摄影题材制作成立体的。在嘴唇与子宫的画面上要设法将男人的身影重叠上去。
嘴唇与子宫的形象的广告画系列作品。

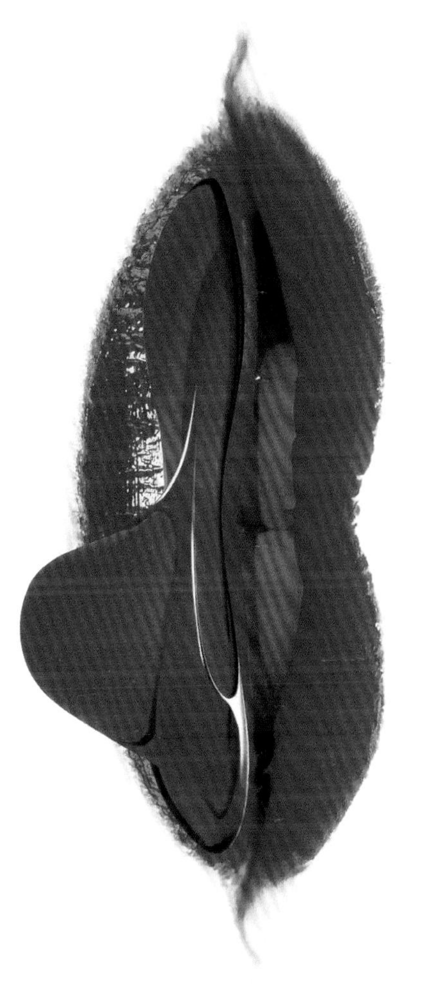

VIVRE 21

050

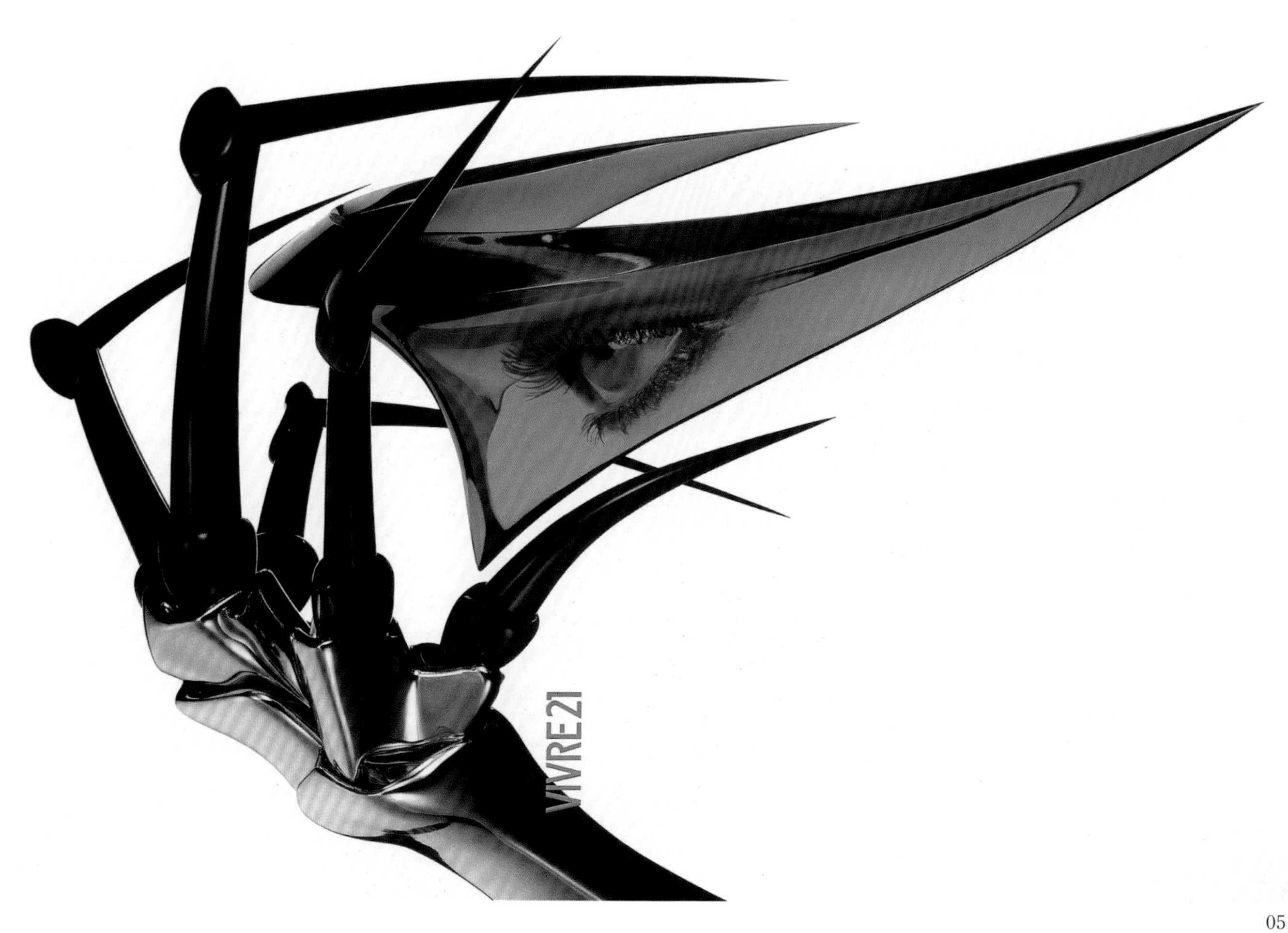

051

051－052　1989年
“VIVRE21”广告画。从电影《未来世界的巴西(拉丁美洲)》得到构思的，展示了女人近期形象，为了表现事物的质感围绕这一题材进行摄影合成。这个场合CG因缺乏敏锐性，表现迟钝而回避了。
“VIVRE21”广告画，表现女人近期形象的系列作品。

052

VIVRE 21

053

054

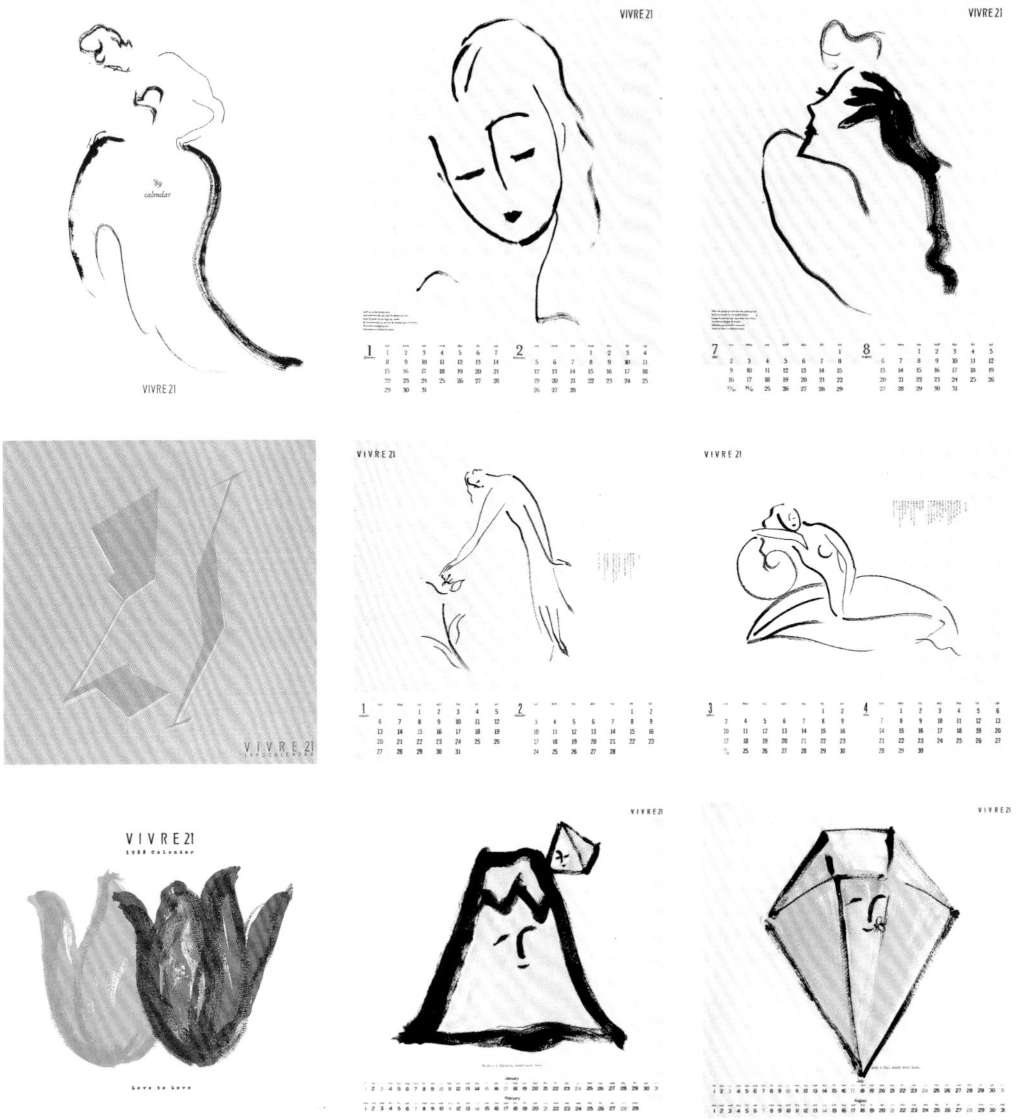

055

056

053-054　1985年
文字和包装设计。为了突出被包装的商品的色彩、形状的多姿多彩，考虑包装设计时，最好采用朴素的白色、正方形来展开主题。

055　1985年
挂历尝试创作贤淑女性的温沁世界。

056　1985年
“VIVREZI”开始前展开展示宣传画和原作主题的空间。

057

○伊势丹 /ISETAN
“伊势丹”是家突出时尚的百货商店，是根据新潮战略而诞生的，先进的画刊系列。并且抢在同行们的前面。

057-058　1989年
“伊势丹”宣传画。一些男女们使用新潮的产品。画面是拼接制成的。“伊势丹”宣传画，是同样(概念)的作品。

058

059

059　1989年
“伊势丹”宣传画，以“女人”为主题。为了表现女性的精神世界，摄下苗条模特的(肉体)体态及与她们相配的物件，使二者相得益彰，同时要注意与下一页形成对比，要注意表现有二类女性。

060　1989年
“伊势丹”宣传画。是同一系列的作品，这里起用了体态丰盈的模特，摄下与她们相配的物件。要表现的是女性的肉体世界。

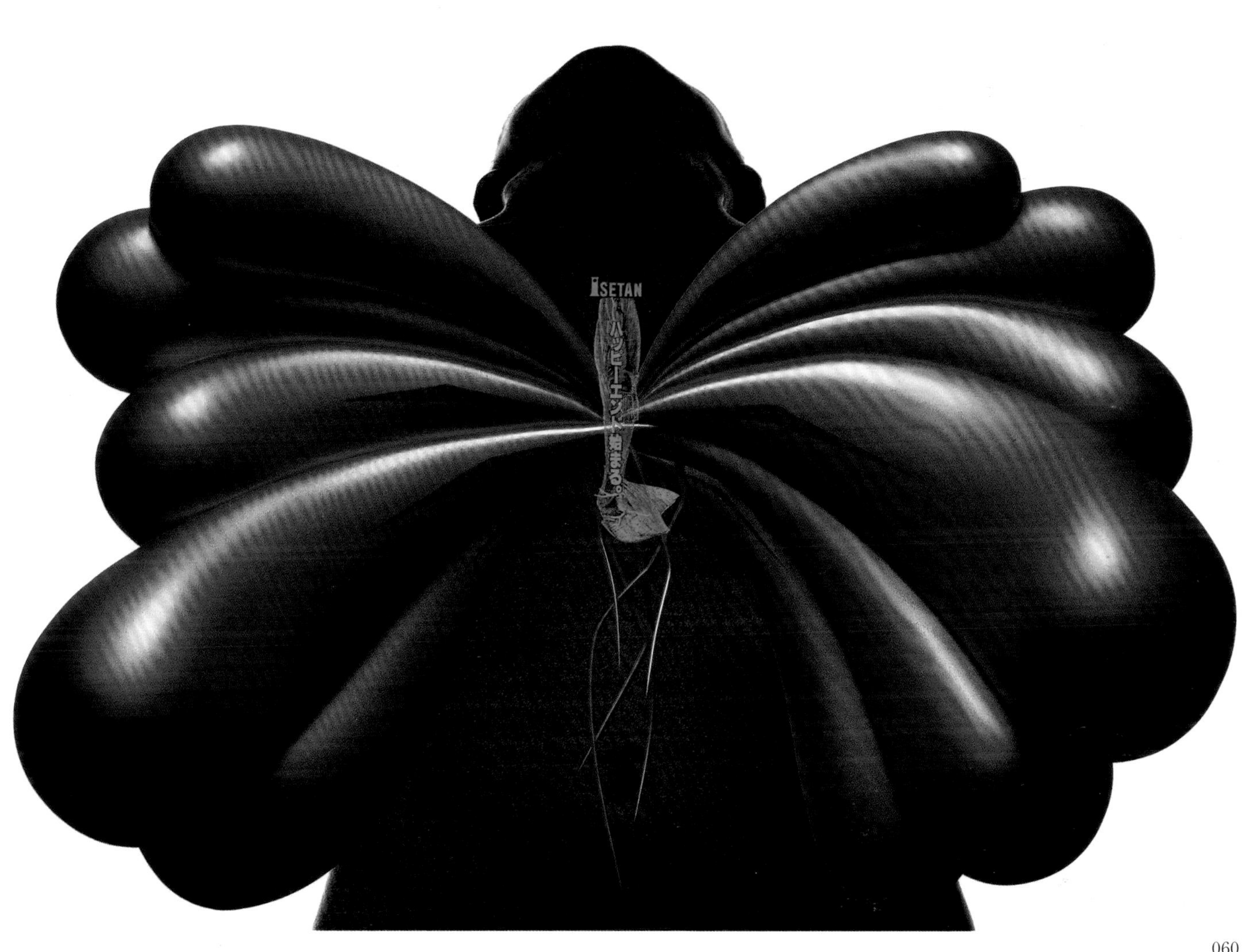

060

フランス語で笑いましょう。

061

061-062　1988 年
“伊势丹”宣传画，启用英国的后起之秀，利用他的波拉罗德照片(一分钟成型的)为原稿进行制作。产生出动感美和不可思议的真实感，创造出崭新的艺术照片。预测美好的结果(前景)大胆启用新人也是设计工作之一。
“伊势丹”广告画
采用波拉罗德照片的系列作品。

062

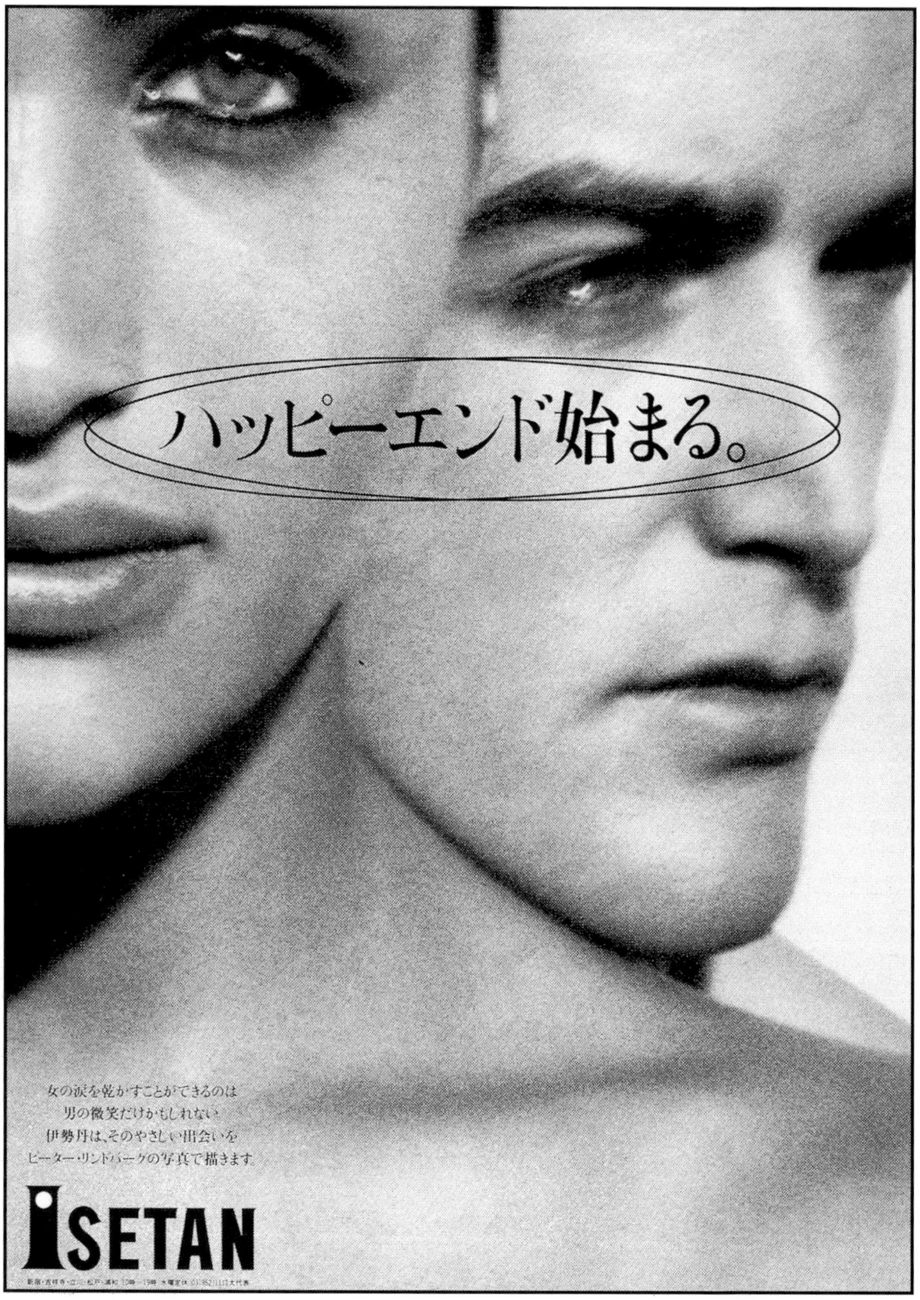

ハッピーエンド始まる。
女の涙を乾かすことができるのは
男の微笑だけかもしれない。
伊勢丹は、そのやさしい出会いを
ピーター・リンドバーグの写真で描きます。
ISETAN

063

063-066 1987-1990年
"伊势丹"时尚宣传活动的广告
这些广告是由世界超一流，正走红的摄影师，模特制作出来的。他们的名字是：Nick Knight、Peter Lindbergh、Domini Quelssermann、Steven Meisel等。
在欧美流行广告，流行照片的世界已完全确立，一流的人才很活跃，得到了极高的好评。尝试新潮的新创造，成为外国人的特权。

フランス語で笑いましょう。
ISETAN

微笑年になりませんか。
COMME des GARÇONS
ISETAN

ISETAN
貴女は夏の冷やしんす。
MOSCHINO

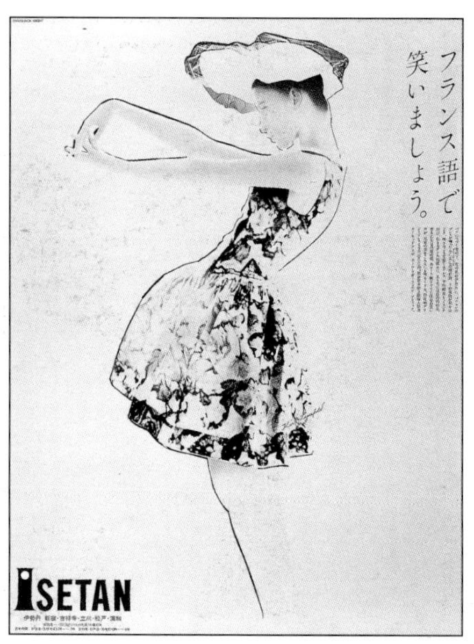

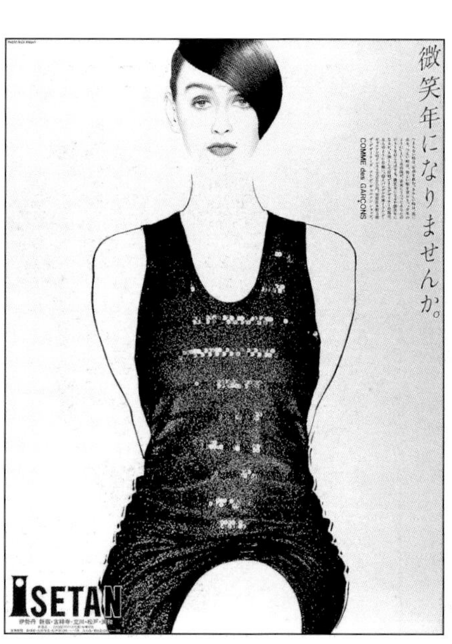

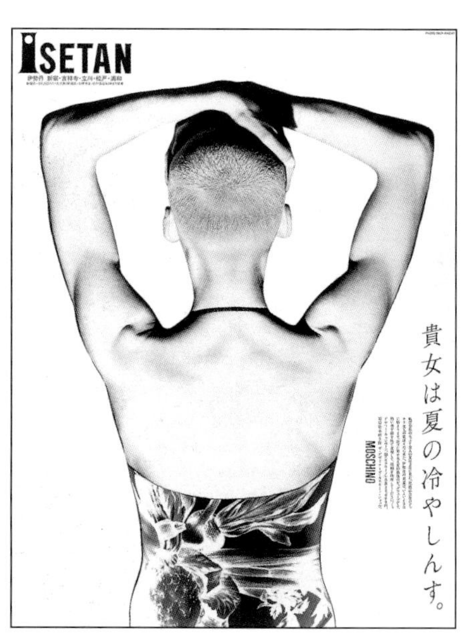

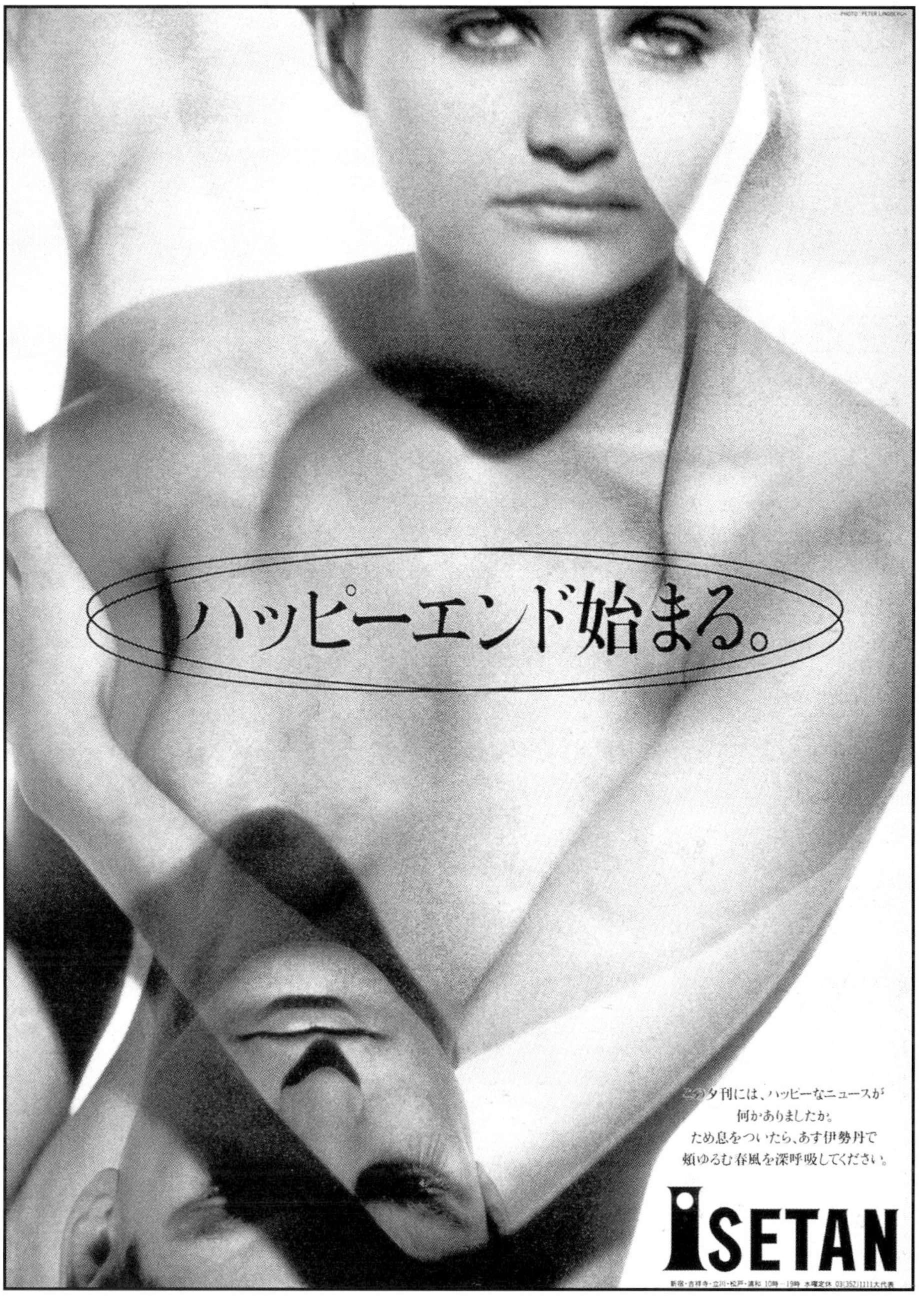

PHOTO: PETER LINDBERGH
ハッピーエンド始まる。
この夕刊には、ハッピーなニュースが
何かありましたか。
ため息をついたら、あす伊勢丹で
頬ゆるむ春風を深呼吸してください。
ISETAN
新宿・吉祥寺・立川・松戸・浦和 10時～19時 水曜定休 03(352)1111大代表

064

ハッピーエンド始まる。
ISETAN

ハッピーエンドつづく
ISETAN

ハッピーエンドつづく
ISETAN

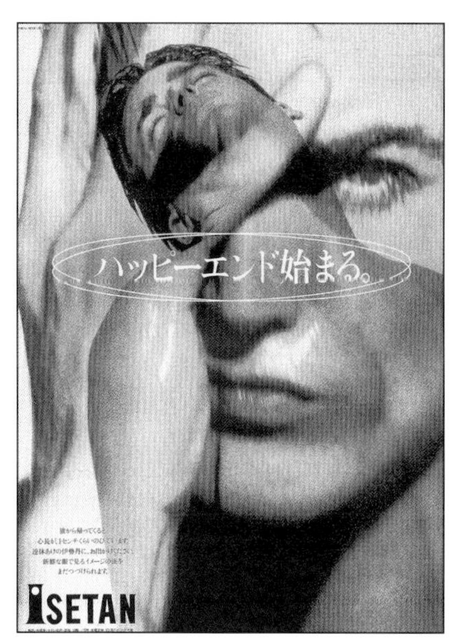

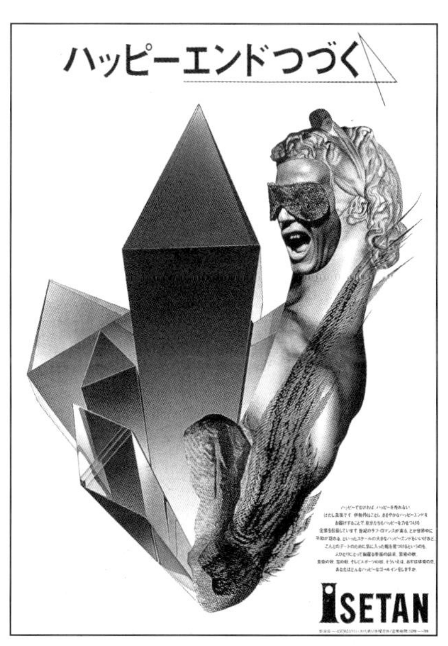

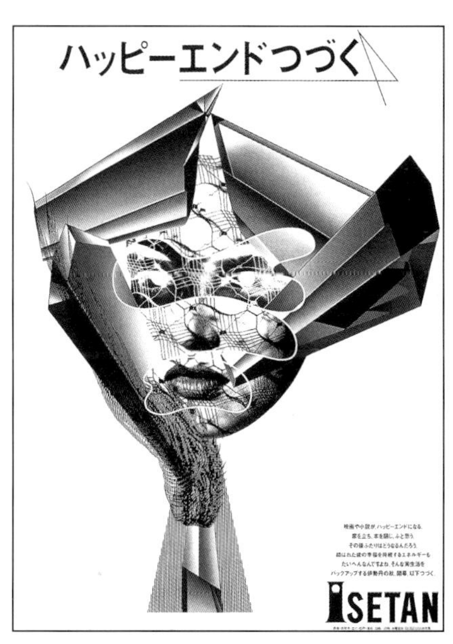

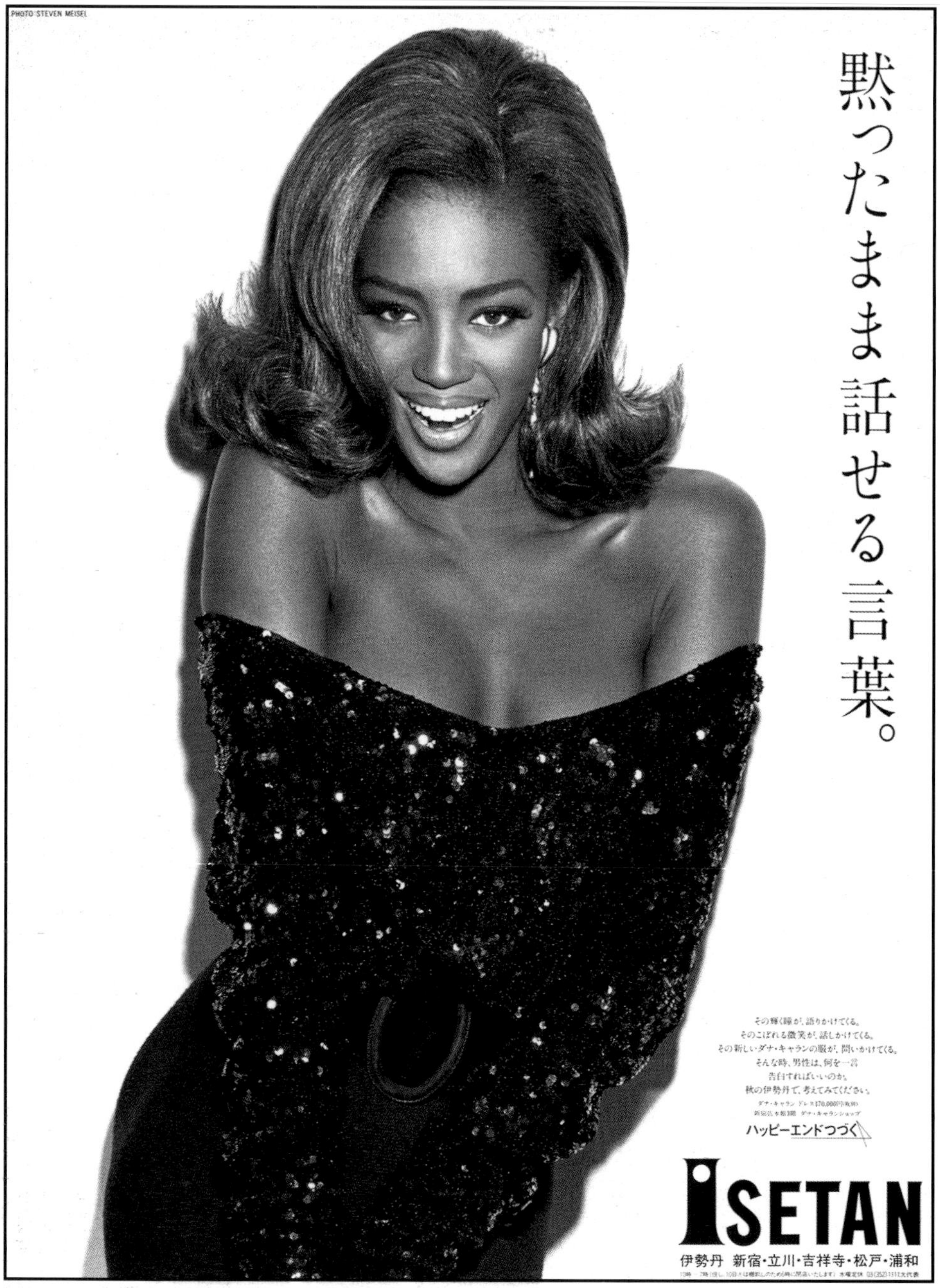
PHOTO STEVEN MEISEL
黙ったまま話せる言葉。
その輝く瞳が、語りかけてくる。
そのこぼれる微笑が、話しかけてくる。
その新しいダナ・キャランの服が、問いかけてくる。
そんな時、男性は、何を一言
告白すればいいのか。
秋の伊勢丹で、考えてみてください。
ハッピーエンドつづく
ISETAN
伊勢丹 新宿・立川・吉祥寺・松戸・浦和

065

鳥肌は南へ飛んでいく。
Southern Holidays
ハッピーエンドつづく
ISETAN
Calvin Klein

冷たい人より、涼しい人。
ISETAN

私人になろう。
ISETAN

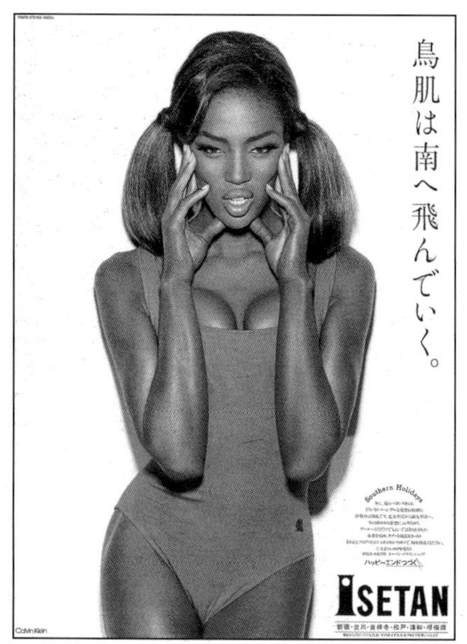

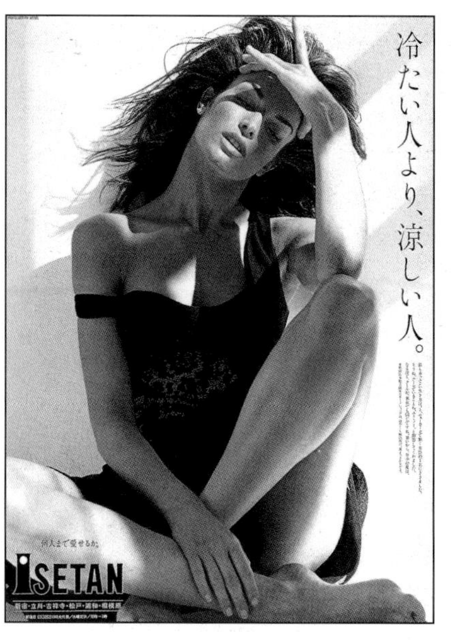

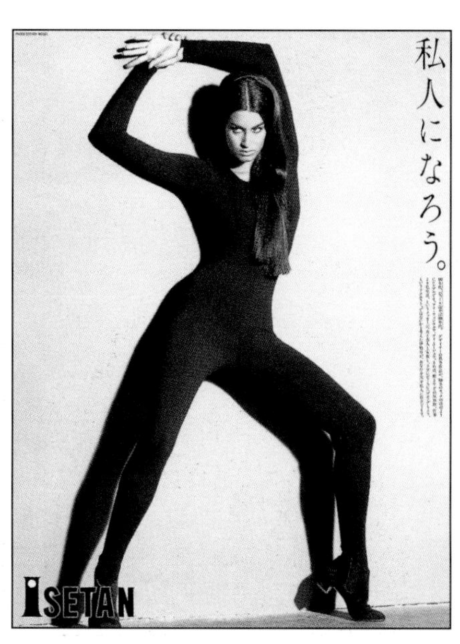

ダイエットには、甘い恋を。

DONNAKARAN

アメリカ直輸入 タキシードドレス(毛100%) 99,000円

新宿店本館3階婦人特選オーキッドプラザ ダナ・キャランショップ

ISETAN

伊勢丹 新宿・吉祥寺・立川・松戸・浦和

新宿店03(352)1111大代表/水曜定休/新宿店・吉祥寺店・松戸店・浦和店は全館夜7時まで営業

PHOTO: DOMINIQUE ISSERMANN

066

067-1

067　1985年
“伊势丹” CI正当伊势丹跨出了新的步伐，承担了全部CI的开发。

067-2

067-3

ISETAN

067-4

067-5

067-6

068

068　1985年
“伊势丹”包装设计。
CI将被视为很难成功的黄色和深蓝色调和在一起，用于包装设计，展现了伊势丹先进、新颖的无穷魅力。

069　1985年
“伊势丹”新宿店的壁面上采用建筑艺术的特点(上)。在外墙面上连同雕刻艺术把影视剧照在街头展现。进一步启用世界上艺术水平高的摄影师，制作CM胶片(卷)。

070　伊势丹品牌的构筑　1985年
日本大腕服装商在确立品牌上的美术倾向。美术印刷设计的手法关系到商家的品牌形象的构筑不停留在广告画的AD等。

069

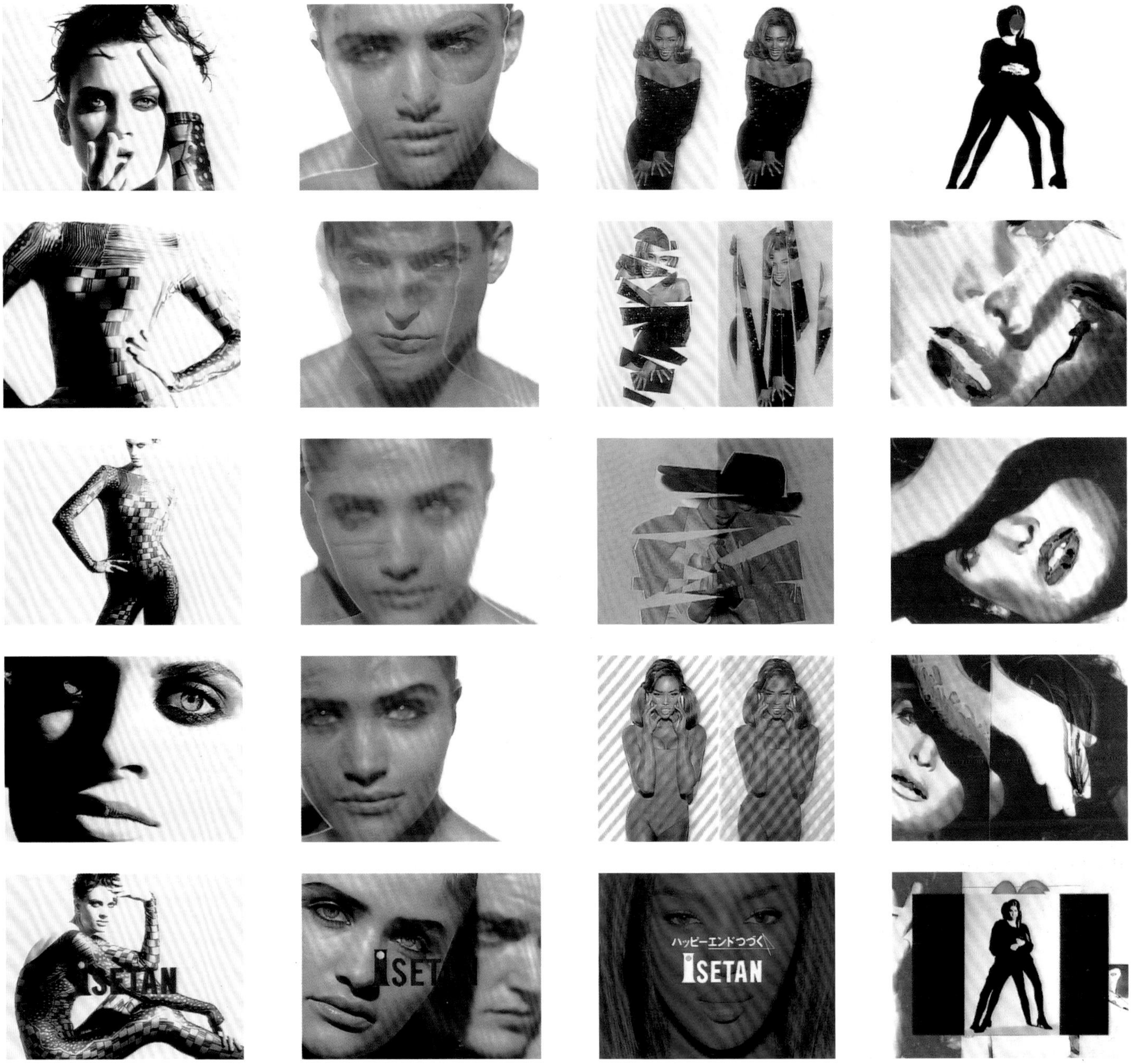

070

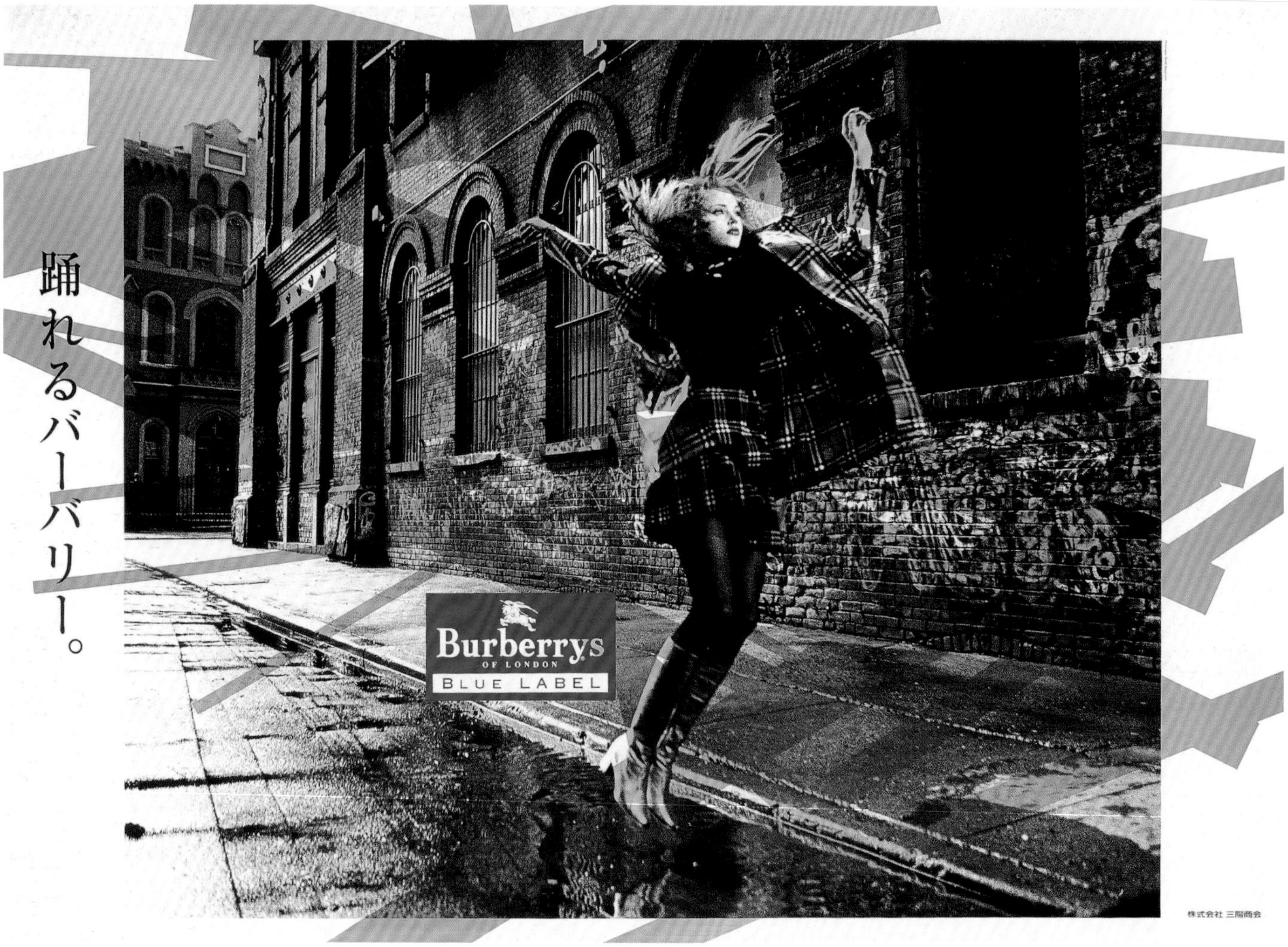
踊れるバーバリー。
Burberrys
OF LONDON
BLUE LABEL
株式会社 三陽商会

071

踊れるバーバリー。
Burberrys
OF LONDON
BLUE LABEL

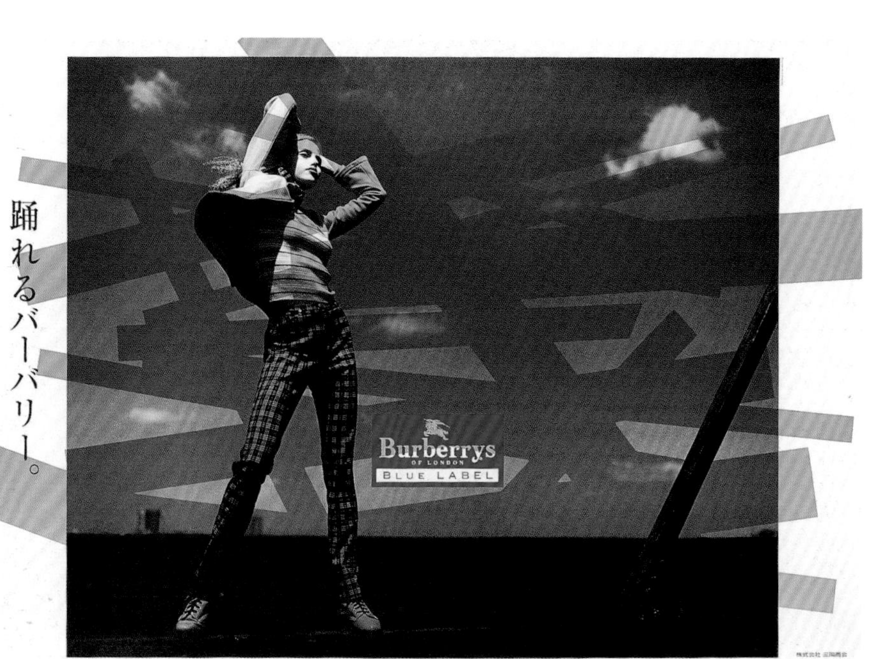

072

071-074　1996年
百年老店“BBL”与日本服装商重新组合，面向年轻群体的品牌。“Burberrys、BLUE LABEL”在构筑商标形象方面，最初就参与艺术指导，以全方位的艺术实现传统品牌的高质量与新品牌的年轻感觉相互融合。

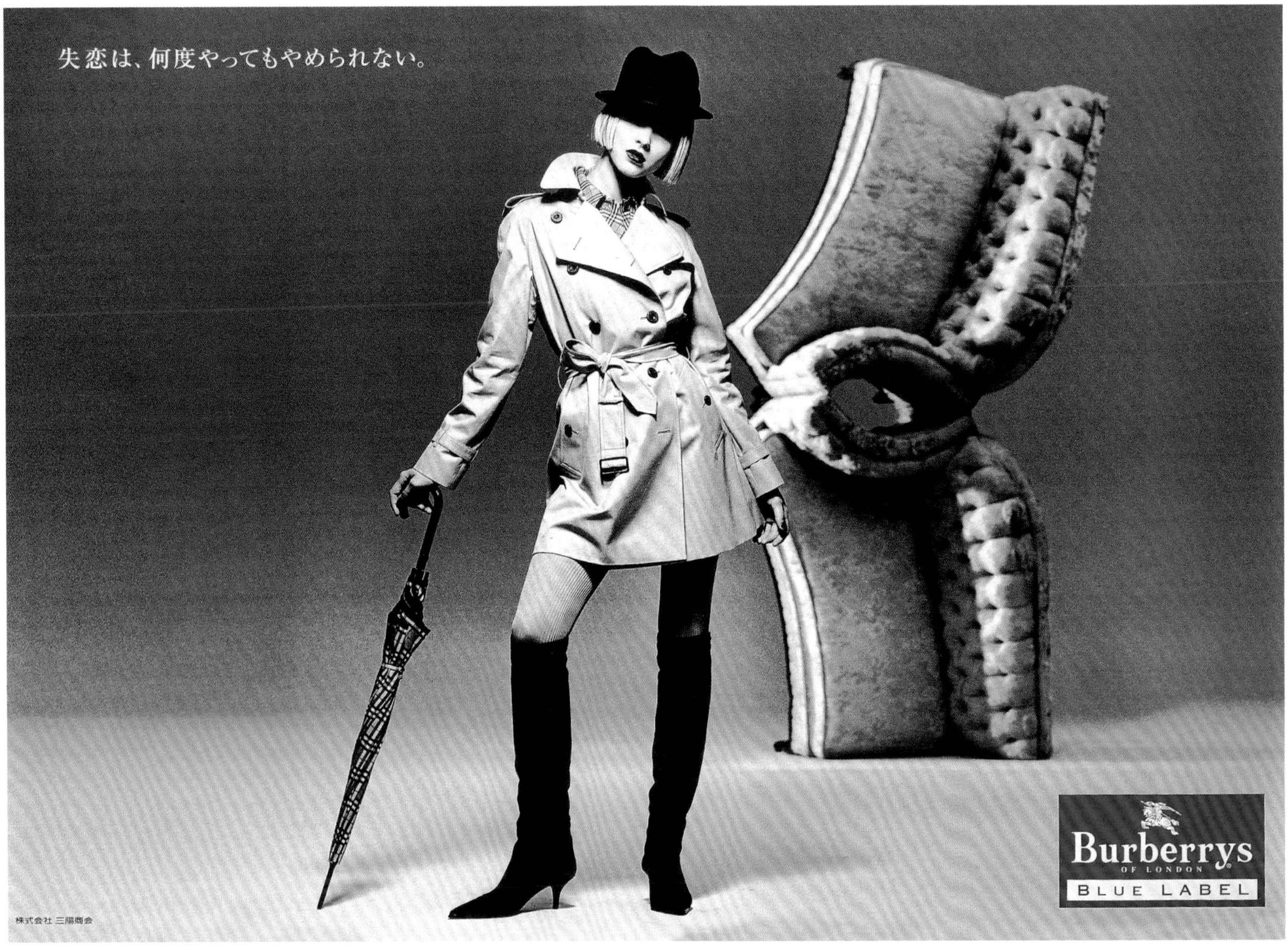
失恋は、何度やってもやめられない。
Burberrys
OF LONDON
BLUE LABEL
株式会社 三陽商会

073

失恋は、何度やってもやめられない。
Burberrys
OF LONDON
BLUE LABEL

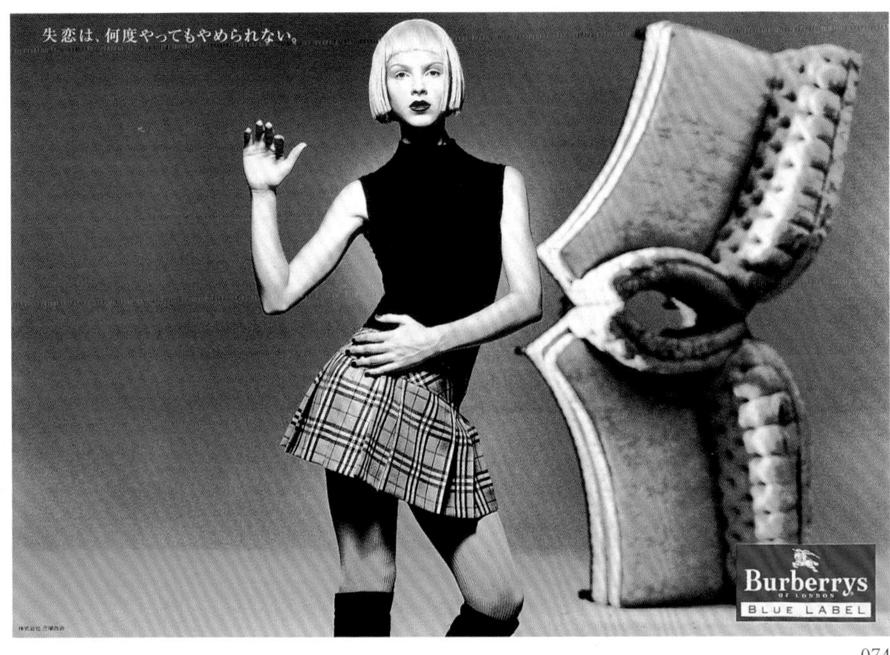

074

ラブはラフに着る。

Burberrys
OF LONDON
BLUE LABEL

075

076

075-078　1997年
通过一系列的宣传活动着眼于代表BBL的方格花纹，即使不着色，只要根据花纹就能被公众认知。全部以黑白色展现，要使特征非常显眼。
“Burberrys BLUELABEL”广告画。主要启用海外有声望的年轻摄影师来表现BBL新颖、高品位。时尚编辑的表现是领导的风格，采用超越艺术的技法。

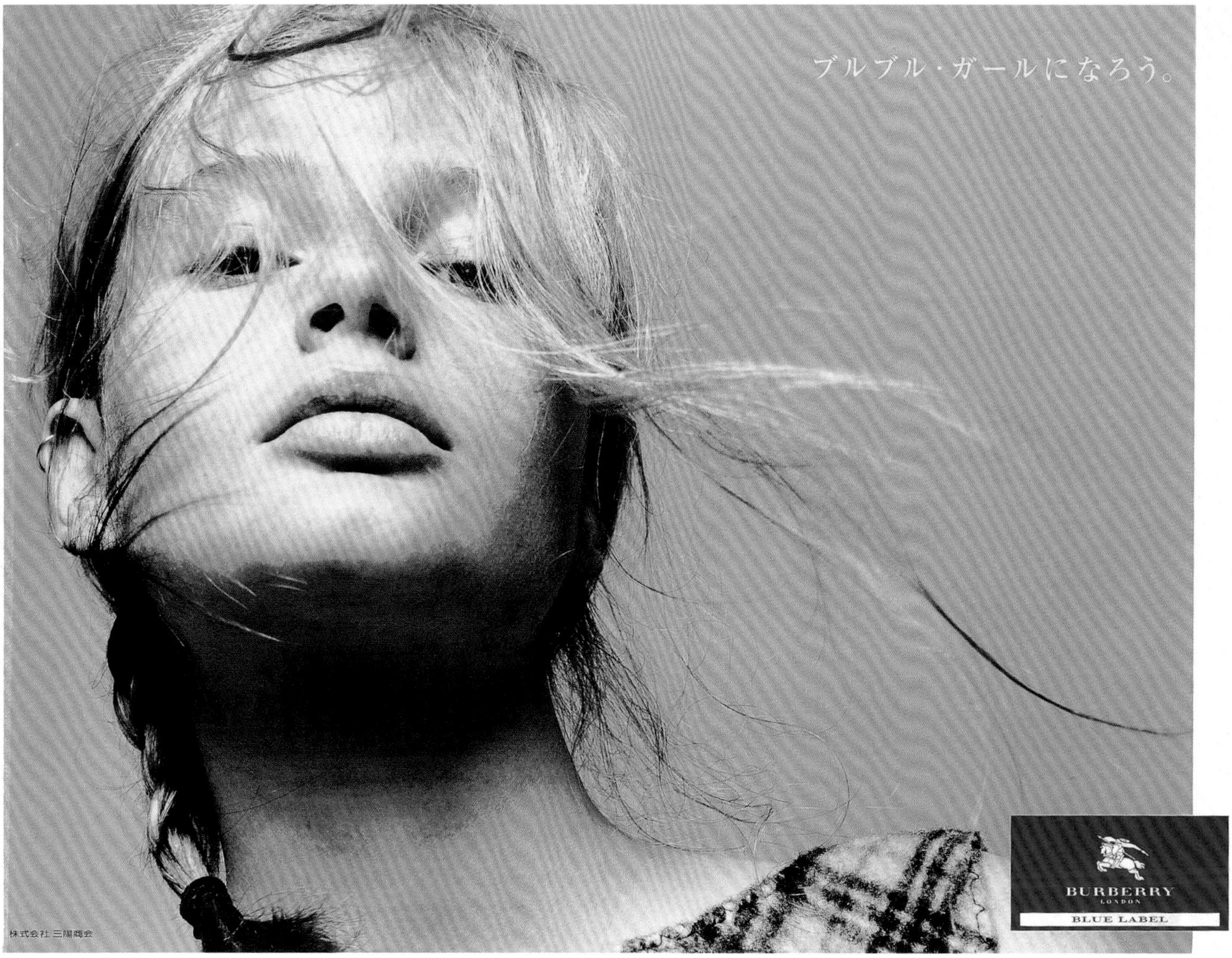
ブルブル・ガールになろう。
BURBERRY
LONDON
BLUE LABEL
株式会社 三陽商会

077

ブルブル・ガールになろう。
BURBERRY
BLUE LABEL

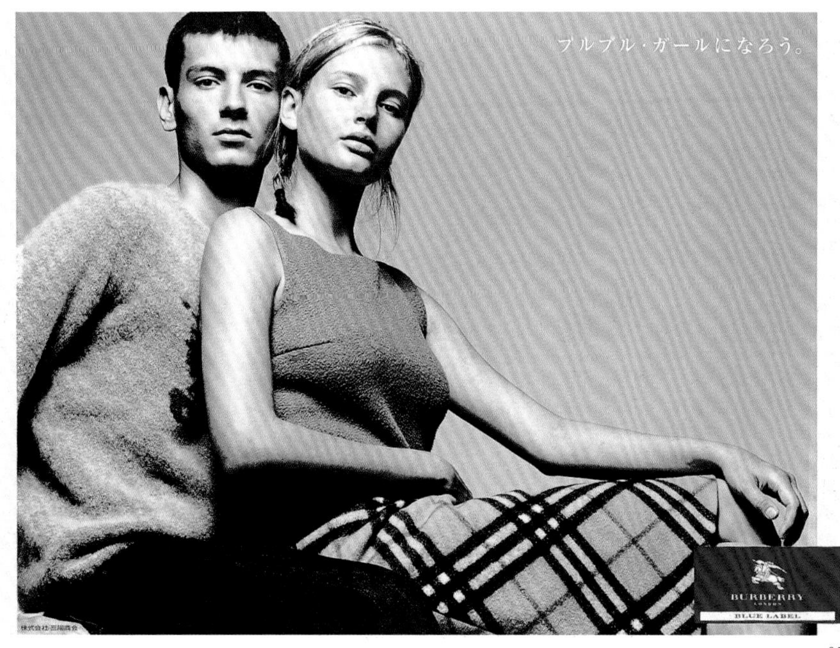

078

079

079　1997-1998年
以“FRAGILE”和“FRAGILE(损坏物)”的形象，来制造出碎玻璃的氛围。
“Burberrys” 的TVCM。
与摄影师商量，希望他们摄下“运动、跳跃、旋转、扭动的行为”，在美术馆进行表演的艺术感觉。

080-081　1998年
在“B、B、C”担当综合的企划制作。从内部到小物件亲自经手全部设计。

080

081

082

083

EPOCA
THE
SHOP

084

082-084　1998年
品牌的用词。“FRAGILE”面对的购买阶层是22～30岁的女性。“SANYOCOAT”意味着传统与放心。“EPOCA THESHOP”是来自于意大利米兰(Milano)的品牌，根据这一点来分别制作。

085　1998年
“EPOCA”购物袋。使用缎带营造出女性高品位的氛围。

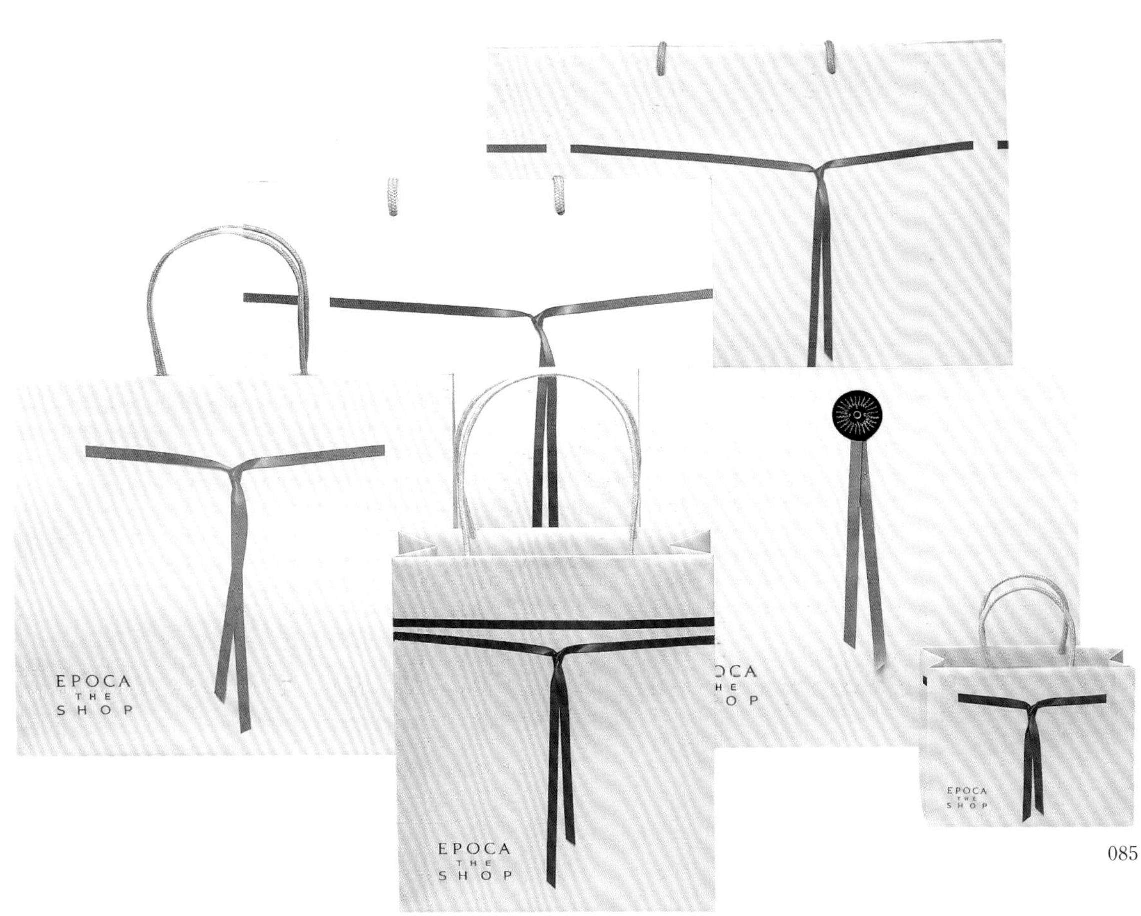

085

February 1986

ISSEY MIYAKE
PERMANENTE
1987

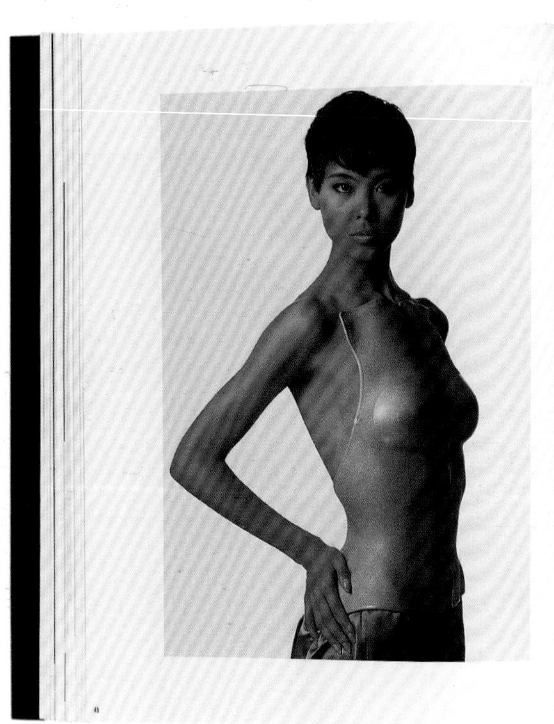

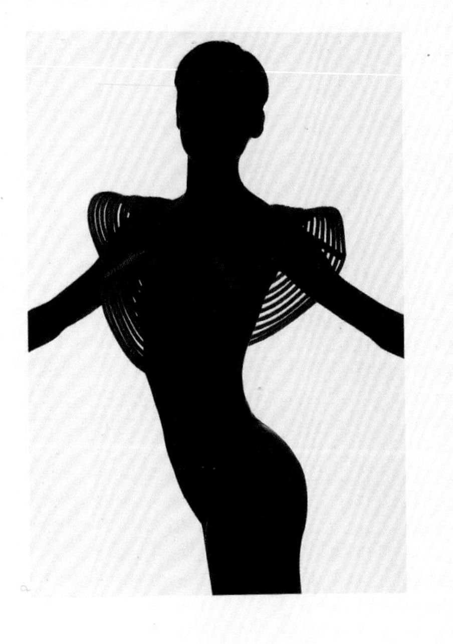

086　1994年
"Issey Miyake-Permanente" 书本设计。
日本著名的时尚设计师三宅一生以"Permanente"这一品牌收集了世界著名人物的写真集。把每一个名人分别包进印有评论的纸里，并把它收藏在内有波纹厚纸的盒子里，各种各样的卡片做成类似于精巧的铜片画。户田和三宅一生对时尚、艺术产生了共鸣，最近8年二人通力合作。

087

087　1994年
"一生们"书本设计。
介绍了代表三宅一生长年工作的服装，同时也介绍了历史以及他的工作人员。

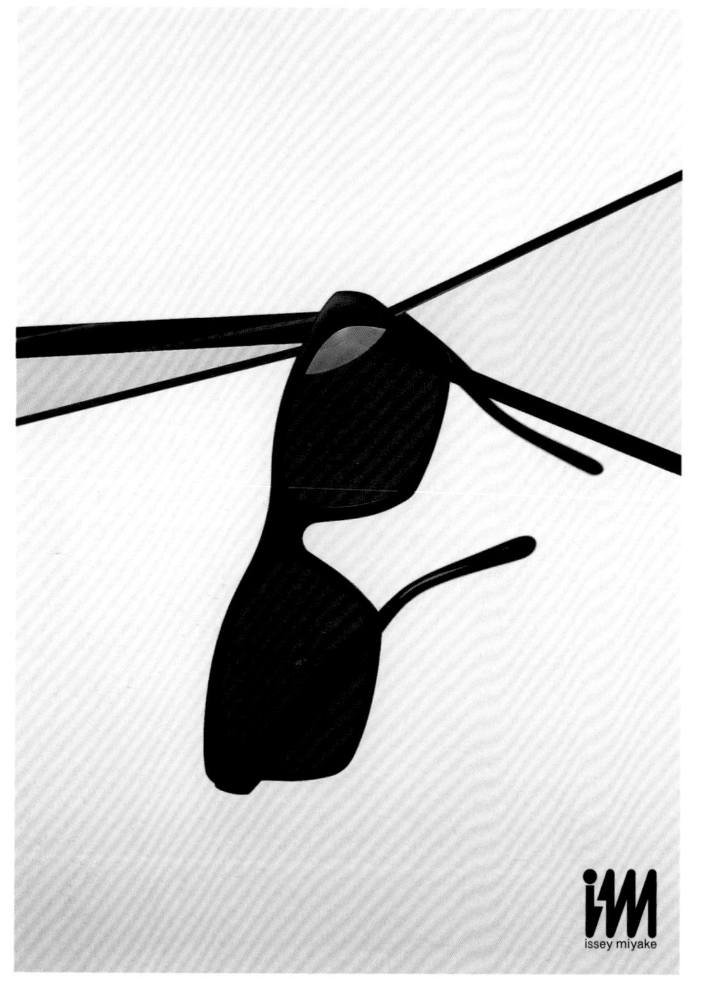

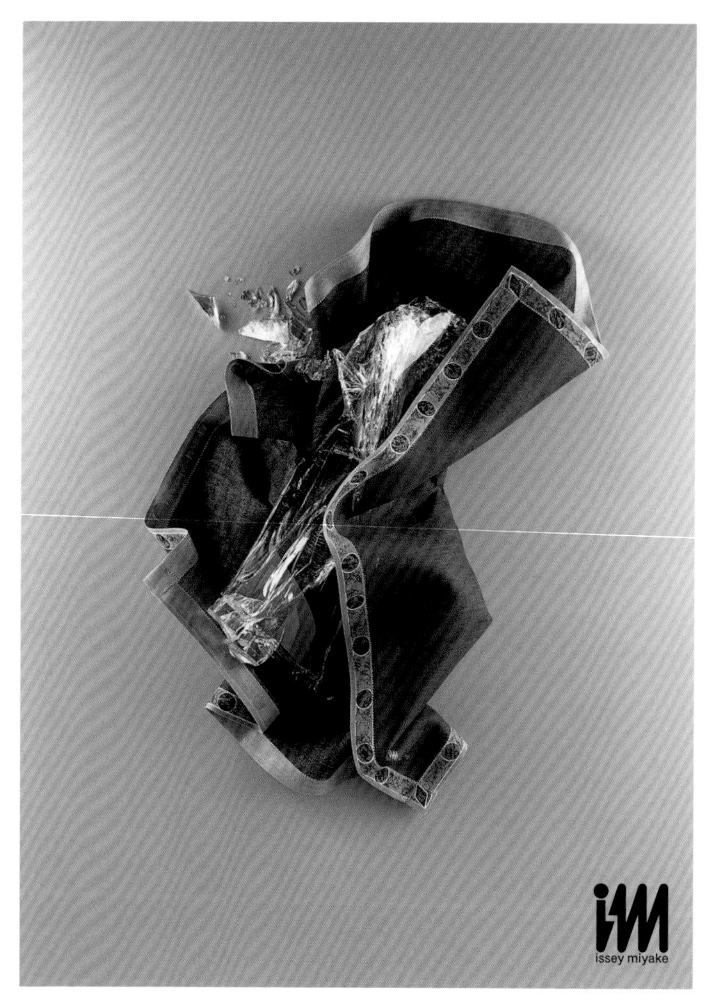

088－089　1989,1987年
“im”杂志广告。“im”汇集了许多与时尚有关连的商家、三宅一生的工作人员担任设计的新品牌。在1989年的展览会(1987年)上,使用质朴的胶合板来展示所有的商品。(右页下)

088

089

090

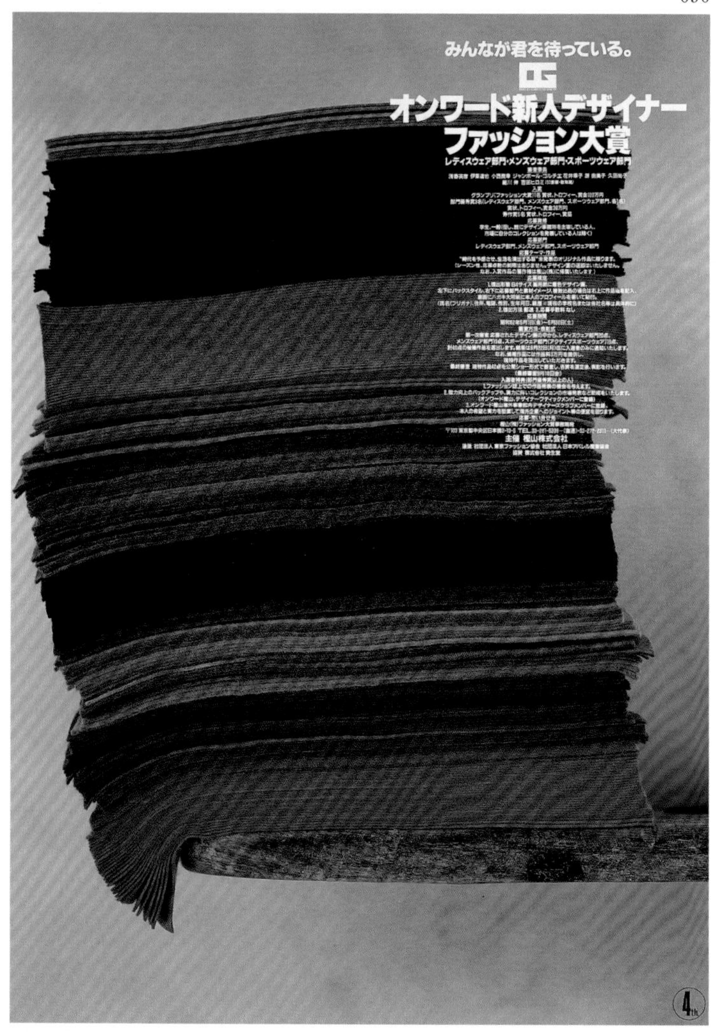

091

○ Tone Message
与明确的企业报道不同，这个企业的形象是由美术设计的技法来确定的，发现这个企业的定位也是艺术方向的成功之处。

090　1984年
服装商家"onward"正月广告(上)。从正高悬的太阳旗的形象，把嘴唇比做圆日，大胆地刻画通红的嘴唇。

091　1984年
流行大奖宣传画(下)
"onward"为了发掘年轻的设计师举行设计比赛的通告。把500幅流行的原点、布料重叠起来拍摄成相片，来表现未知的才能。

092

092　1989年
对羊毛制品的保证标记“羊毛标记”宣传画，容易运动的体育运动成为主题。板球(上)网球(下)让模特站在沙地上，用自然光摄下羊毛产地——英国传统的体育运动。

093

093-096　1986年
著者时尚的批发店“PARCO”宣传画。在纽约用拍摄了的模特相片来构成画面，逐个刻画这些素材。分3个阶段的技法来制作。表现女性丰满的曲线美的方法，还在不断地探讨。
“PARCO”宣传画。
上1983年　下1985年
“PARCO”宣传画。

094

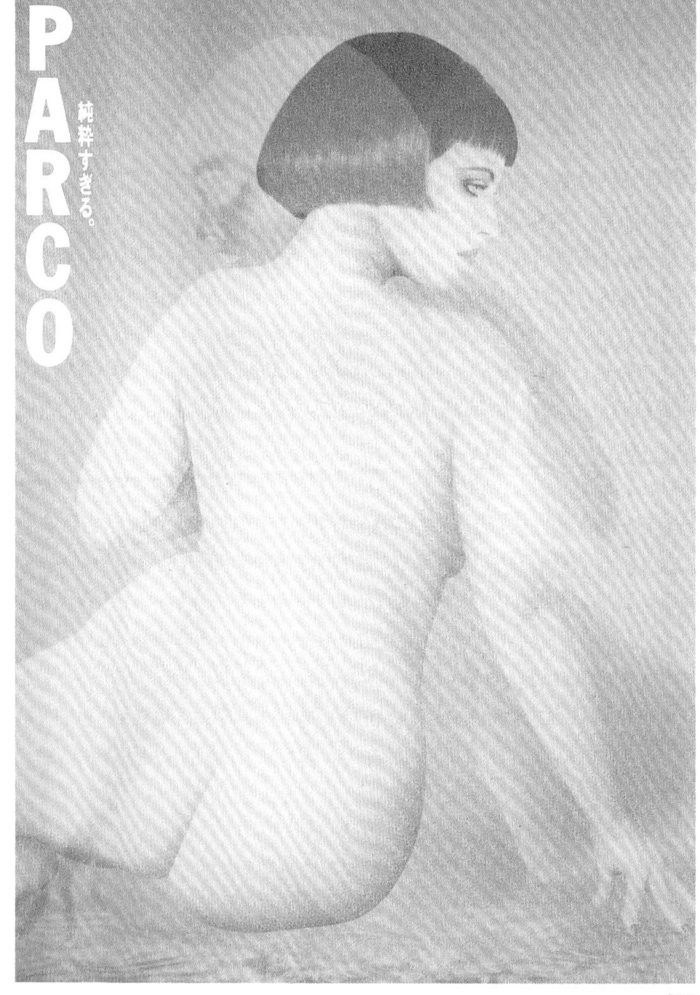

095

096

097-098　1986年
“PARCO” TVCM。裸体女性在黄色和粉红色的水面跳舞，还有一群裸体画。无论哪个画面都要很显眼，强调女性美的剪影。也要配上文字说明。

PARCO

097

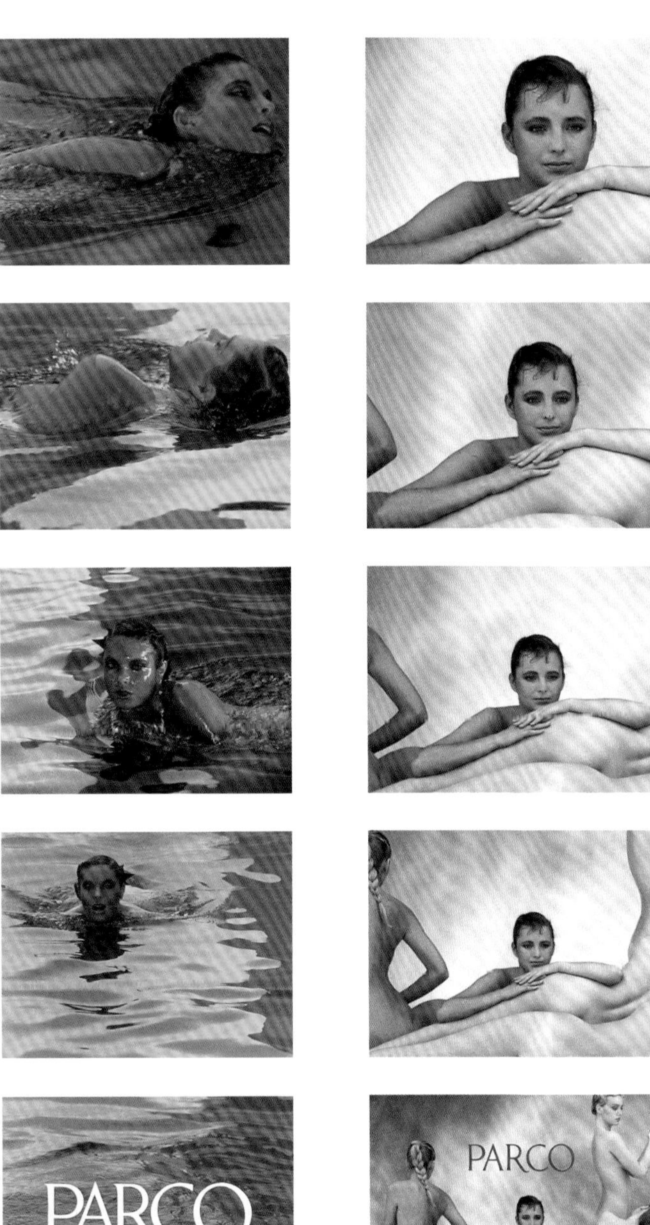

098

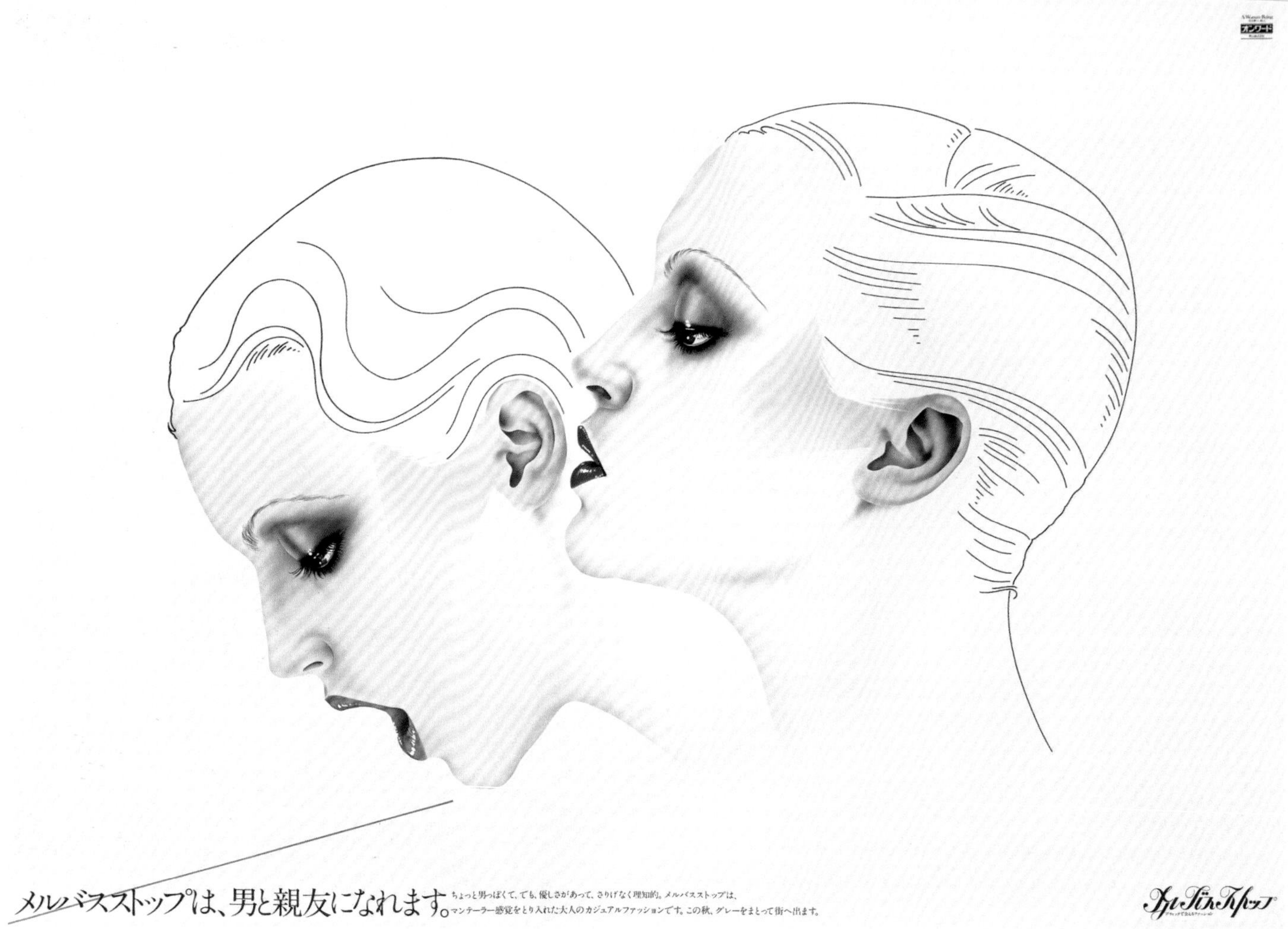

メルバススストップは、男と親友になれます。ちょっと男っぽくて、でも、優しさがあって、さりげなく理知的。メルバススストップは、マンテーラー感覚をとり入れた大人のカジュアルファッションです。この秋、グレーをまとって街へ出ます。

099

きのうまで私たちはルーツの女だった。

100

099-101　1976年,1981年
"on ward" 是家专卖店。概念是"疯狂的行为"。这是幅写构思，再进行模特摄影，再基于这些构思进行刻画、解说的海报。
"阿多尼斯"(希腊神)宣传画。概念是"疯狂"。

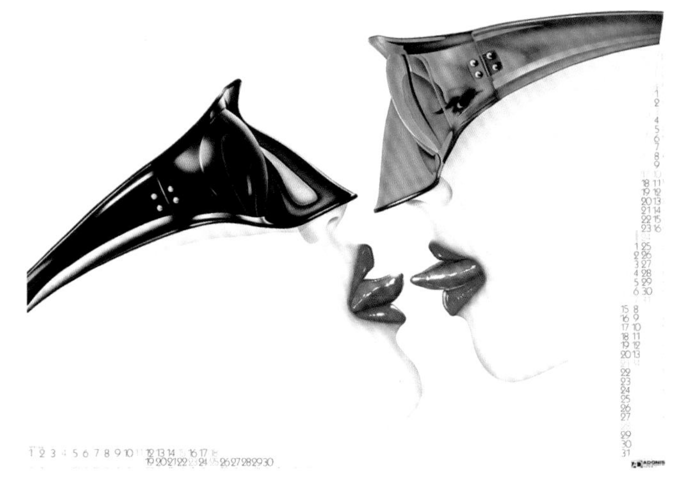

102

102　1984年
宣传画，百货商店开张时用。用不可思议的花卉来比喻新潮的概念。

103　1987年
中国主题的宣传画，日本的新潮设计者山本宽齐的时装展览会的宣传画。

104　1987年

103

104

NABRUD

2 1 2 3 4 5 6 7 8 9 10 11 12 13 14 15 16 17 18 19 20 21 22 23 24 25 26 27 28 29

NABRUD

5 1 2 3 4 5 6 7 8 9 10 11 12 13 14 15 16 17 18 19 20 21 22 23 24 25 26 27 28 29 30 31

NABRUD

6 1 2 3 4 5 6 7 8 9 10 11 12 13 14 15 16 17 18 19 20 21 22 23 24 25 26 27 28 29 30

挂历
通过挂历的语言说明出现在每天的生活中，身边的设计作品。经长期培育的设计作品，确立企业的品牌形象。

105　1988年
挂历。注重面向年轻人的品牌，启用美国走红的年轻插画家。

105

8 1 2 3 4 5 6 7 8 9 10 11 12 13 14 15 16 17 18 19 20 21 22 23 24 25 26 27 28 29 30 31

11 1 2 3 4 5 6 7 8 9 10 11 12 13 14 15 16 17 18 19 20 21 22 23 24 25 26 27 28 29 30

12 1 2 3 4 5 6 7 8 9 10 11 12 13 14 15 16 17 18 19 20 21 22 23 24 25 26 27 28 29 30 31

106　1987年
挂历。在广告表现上使用还未被认知的色调的照片来构成。

'87
D'URBAN

106

D'URBAN
6
1 2 3 4 5 6 7 8 9 10 11 12 13 14 15 16 17 18 19 20 21 22 23 24 25 26 27 28 29 30
JUNE

8
1 2 3 4 5 6 7 8 9 10 11 12 13 14 15 16 17 18 19 20 21 22 23 24 25 26 27 28 29 30 31
AUGUST

D'URBAN
10
1 2 3 4 5 6 7 8 9 10 11 12 13 14 15 16 17 18 19 20 21 22 23 24 25 26 27 28 29 30 31
OCTOBER

D'URBAN

4

1 2 3 4 5 6 7 8 9 10 11 12 13 14 15 16 17 18 19 20 21 22 23 24 25 26 27 28 29 30

D'URBAN

5

1 2 3 4 5 6 7 8 9 10 11 12 13 14 15 16 17 18 19 20 21 22 23 24 25 26 27 28 29 30 31

D'URBAN

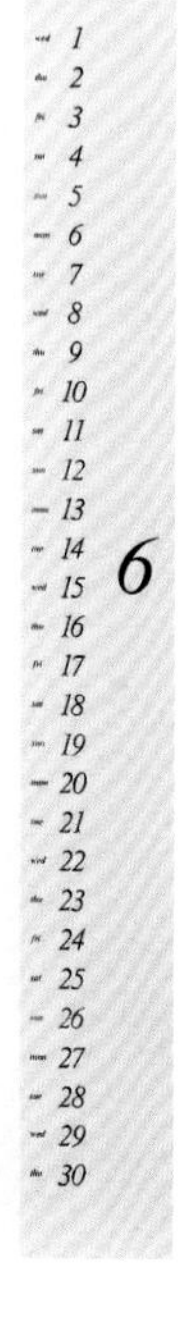

107　1988年
挂历。用女性摄影家的作品构成，她发现了建筑物的某一部分的美。

D'URBAN 88

107

D'URBAN

7 1 2 3 4 5 6 7 8 9 10 11 12 13 14 15 16 17 18 19 20 21 22 23 24 25 26 27 28 29 30 31

D'URBAN

8 1 2 3 4 5 6 7 8 9 10 11 12 13 14 15 16 17 18 19 20 21 22 23 24 25 26 27 28 29 30 31

D'URBAN

9 1 2 3 4 5 6 7 8 9 10 11 12 13 14 15 16 17 18 19 20 21 22 23 24 25 26 27 28 29 30

Culatual Message

摸索企业活动和比赛项目或个人所具有的文化价值，可视性的行为，在美术指导的工作中，占有重要的位置。户田的感性和技术，创造力的深度将生命的神秘和色情这一人类的深层，象征性地展示了单纯易懂，强壮有力的表现。他不依赖拷贝实物而用画刊语言达到了设计的最高境界。

UNIVERSITETETS OLDSAKSAMLING
SMAA VEILEDNINGER
I. A. W. BRØGGER:
Osebergskibet og Osebergsalen. 50 øre
II. Jan Petersen:
Vikingetiden. 25 øre
III. Sigurd Grieg:
Stenalderen. 25 øre
OLDSAKSAMLING
SMAA VEILEDNINGER
I.
OSEBERGSKIBET OG
OSEBERGSALEN
AV
A. W. BRØGGER
SJETTE UTGAVE
1921 :: A. W. BRØGGERS BOKTRYKKERI A/S

108

色情的进化
人们必须要与生命所具有的魅力、力量、性相对峙，承认这些时会产生新的传统美，色情以各种各样的表情出现、变化、进化。户田的好奇心和策划的世界。

108-109　1989年
“成旺印刷”40周年广告画
主题是色情。拍摄了用丙烯颜料绘成的插图。插图将女性的肉体与自然界的图案(蛇、鳞、鱼；水晶、鸟爪子)组合在一起。

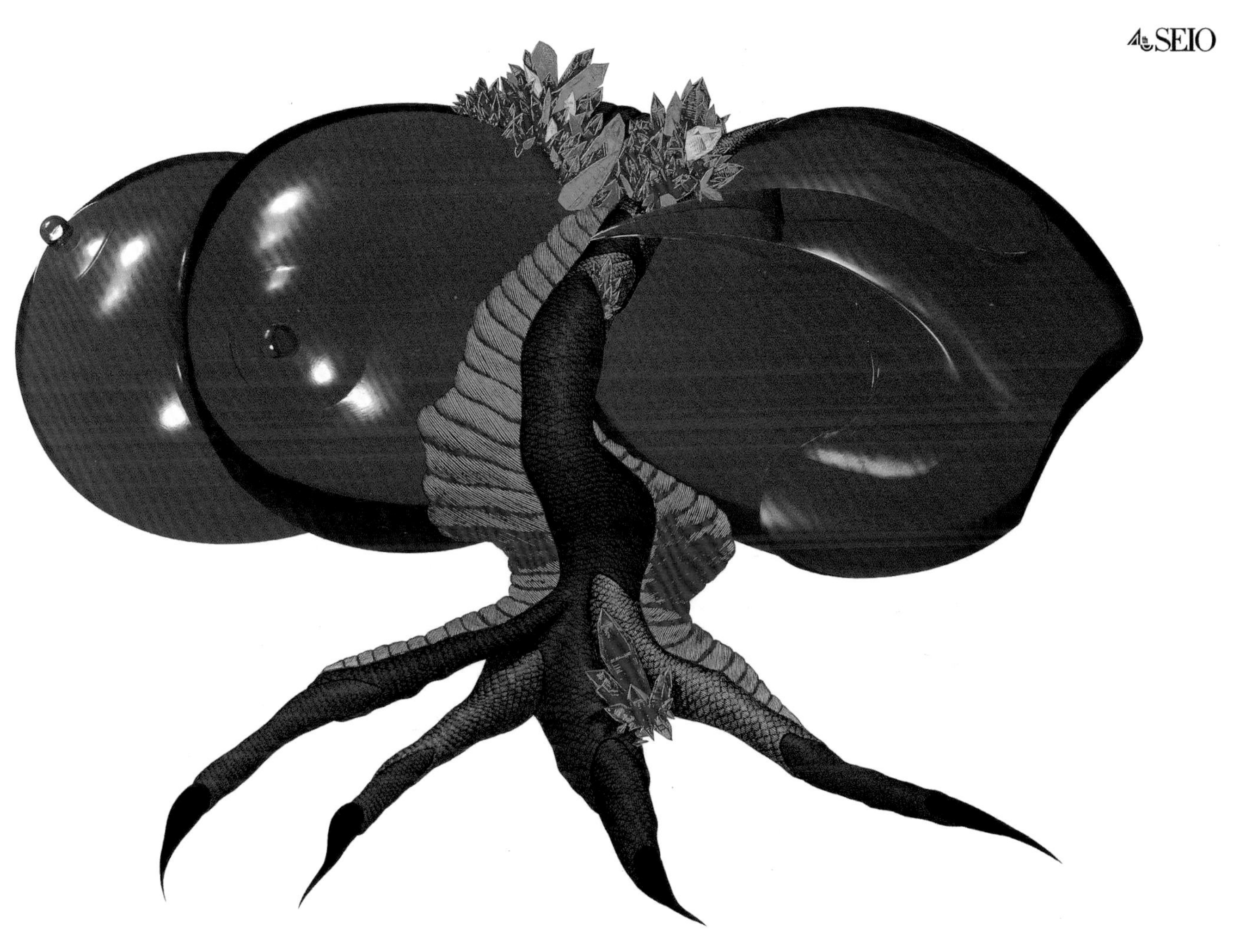

109

110

110　1984年
为促销"HUBLOT"钟表的广告画，把钟表的魅力、背脊和嘴唇、腰部和红鲤鱼当作主题，描绘出新鲜(颖)的色情。
111　1985年
使臀部与蒸气的建造物(P31)，胸部与被火烧毁的机械组合成一体，表现了与"大都市""科幻"等电影所描绘的世界观一致的未来的形象。

111

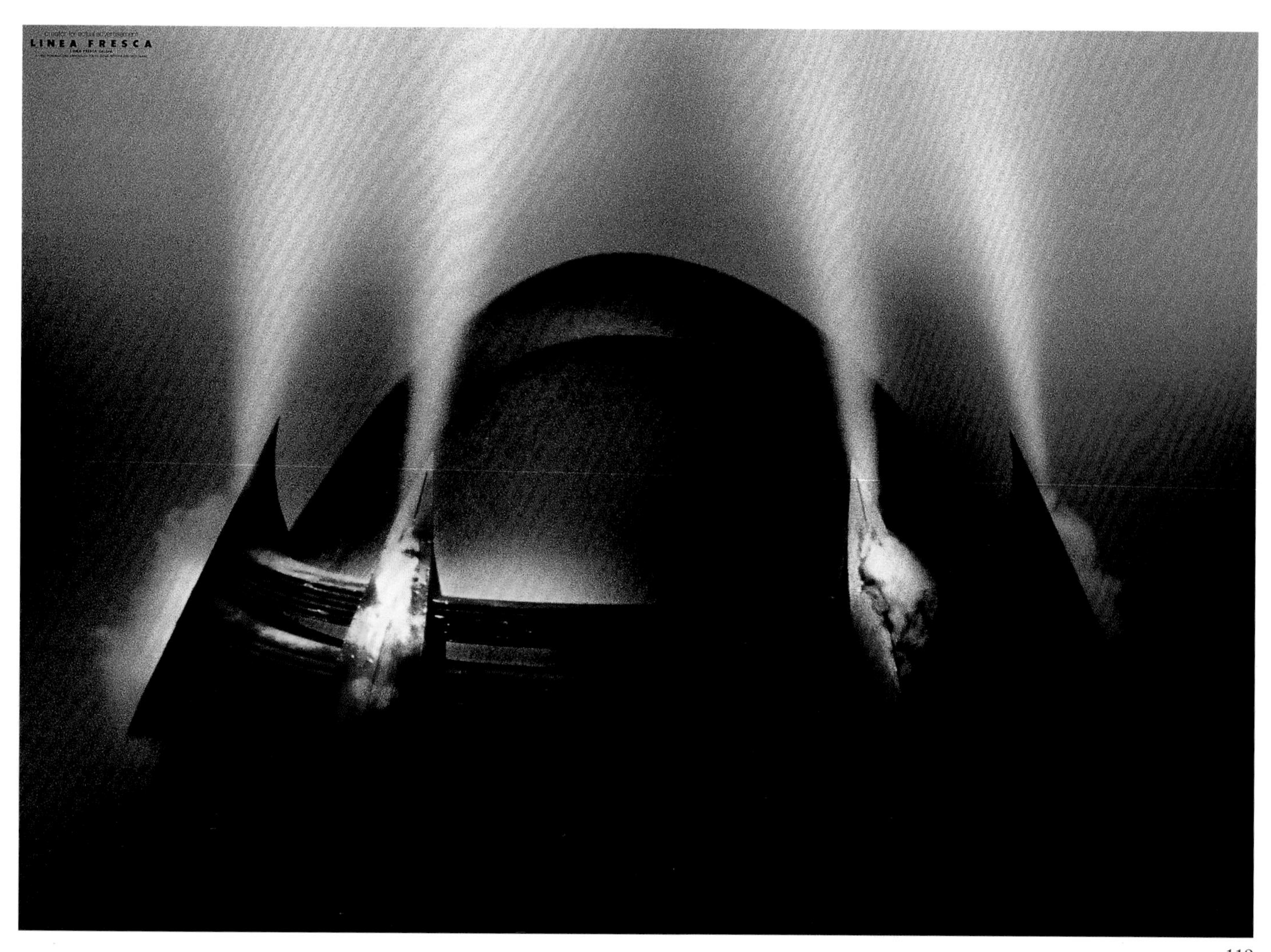

112

112-113　1985年
印刷公司“阿多尼斯”的广告画、表现了日本未来的色情。使女性的眼中闪现出非常美的光芒，制造出危险的氛围，同时与日本传统的情形结合在一起。

creator for actual advertisement
LINEA FRESCA
LINEA FRESCA Co.,Ltd.

113

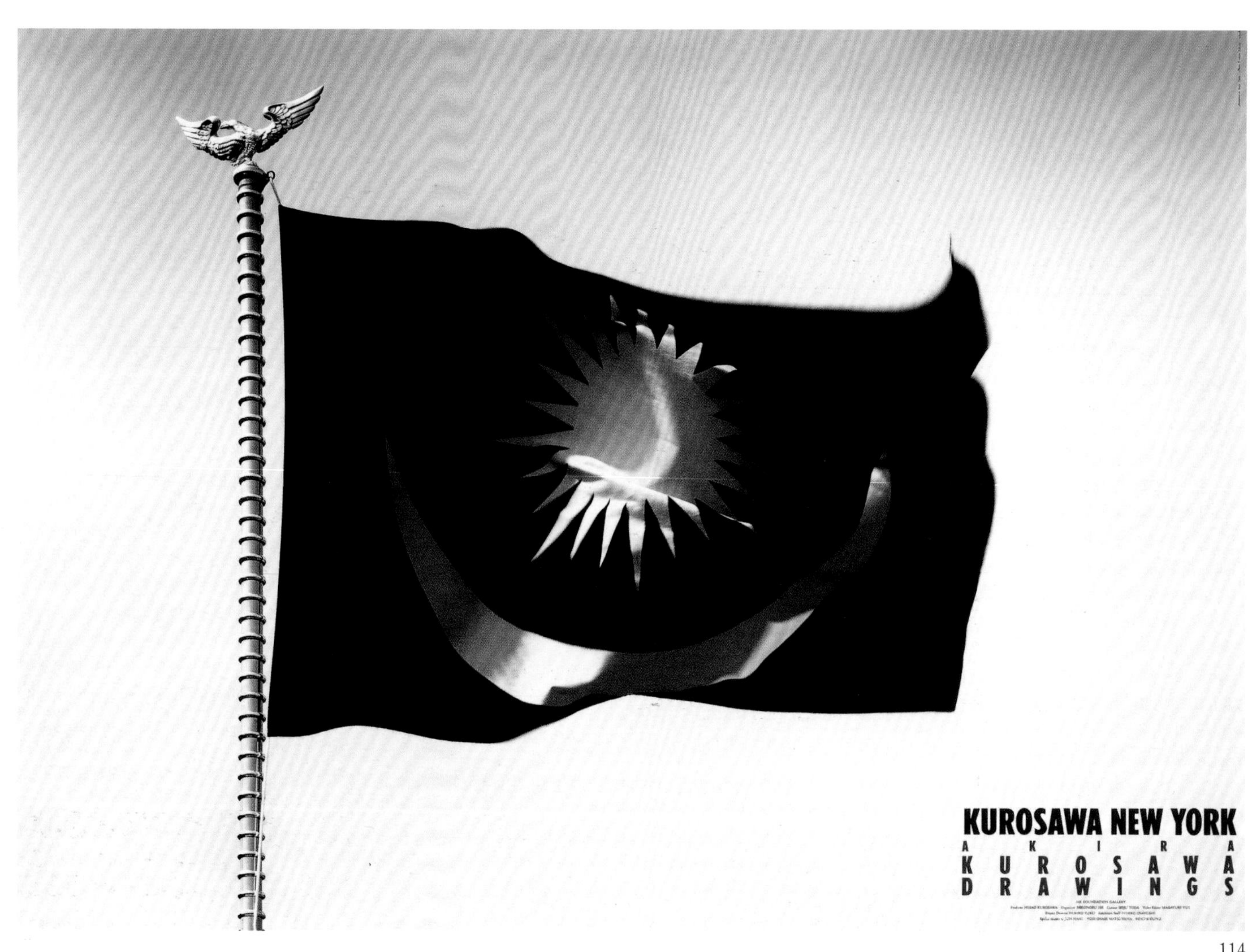

114

114　1994年
在纽约举行的代表日本的电影监督黑泽明绘画展宣传画。旗帜上把“明”这个字分解开来，写成“日”和“月”，在旗杆上点缀了象征美国的？，表现了黑泽明给予美国世界的影响。
115　1994年
“黑泽明绘画展”广告画。象征黑泽明电影的弓和美国国旗，使它组合成星条旗。

115

116-118　1994年
“黑泽明绘画展”说明书。
“黑泽明绘画展”会场构成，文字说明。同时展出的还有分解电影监督黑泽明艺术家的气质，而且还使用了画刊设计的方法论，再构筑平面和空间。会场构成由户田正寿全权挑选展示作品，订计划，黑泽明画分镜头剧本摄像编集等，担当了所有一切的美术指导，设计工作。

116

AKIRA
KUROSAWA
DRAWINGS

FOREWORD　by Akira Kurosawa

I started out as a painter, not a filmmaker. But as life would have it, I embarked on a career in film. Upon entering that world, I thought of the proverb: "If you try to catch two rabbits, you will succeed at catching neither." And so I burned all the works that I had made before.

While I was working as an assistant to other film directors, I did not draw. However, having become a film director myself, I occasionally made sketches to help communicate the image I had in mind to the production crew.

It was the film *Kagemusha* that prompted me to draw intensely. We were having difficulty financing it; and the fear that it would not be realized at all drove me to record my ideas for the film on paper. I thought that even if the images were still, I would have them to show to people. The desire to have these images to show led to my drawing the scenes for *Kagemusha* every day.

The sketches grew into a body of work comprising a couple of hundred drawings. When the film *Ran*, like *Kagemusha*, took a long and arduous time before production could begin, drawing the images became, again, a consoling necessity. Then it evolved into a practice, and I have continued to do the same for the succeeding films, *Akira Kurosawa's Dreams*, *Rhapsody in August* and *Madadayo*.

I do not know if these can properly be called "drawings." I would draw with whatever material was available. To create skillful pictures was not my intention. Rather, these are tiny fragments of my films.

The experience with *Kagemusha* made me realize that these drawings were an immense help in capturing ideas visually. I found them quite useful for the film production.

It is interesting to note that when I consciously tried to draw well, the drawing would not come out well. But when I simply translated onto paper an image I had in mind for the movie, the drawing somehow seemed to captivate viewers.

Akira Kurosawa

117

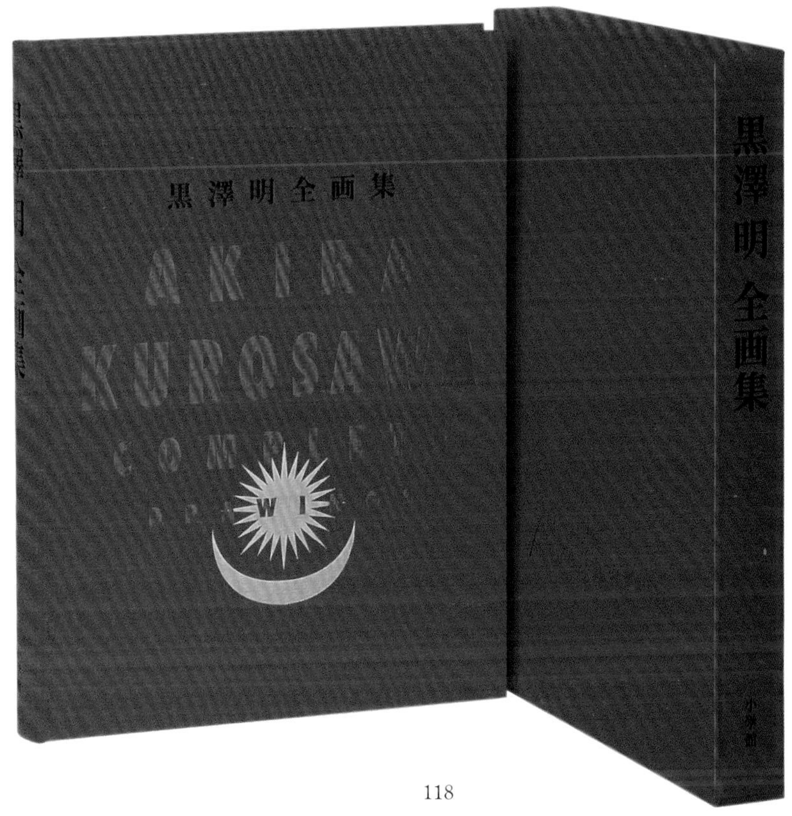

118

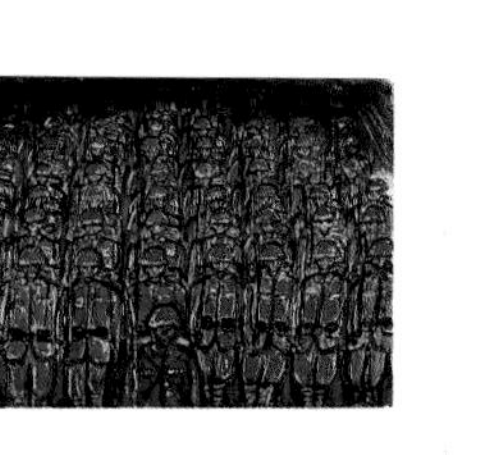

119

1998年
“喜剧丛林”展宣传画。日本引以为豪的大众文化——漫画展示了半个世纪的历史中，起骨干作用的20名作家的作品，以及与作家有关系的作品，担当了“喜剧丛林”展的综合演出。这不仅使用“铁臂阿童木”和“机器猫”，世界著名的漫画角色的形象，更象征了漫画作家的创造性和漫画历史的重要性，同时使观众回忆起对漫画的思考(喜爱，爱恋)。

119-122　1998年
关于20名喜剧作家，在墙壁和空间就每个人的特征进行表演，展示原画和作家有关联的物品。原画夹在透明的丙烯板里进行展出，监赏者透过丙烯板能看到整个会场。在表现漫画历史的深度的同时，又制造出万花镜的氛围。赤塚不二雄(左)、手塚治虫(中)、的展示小屋。

120

121

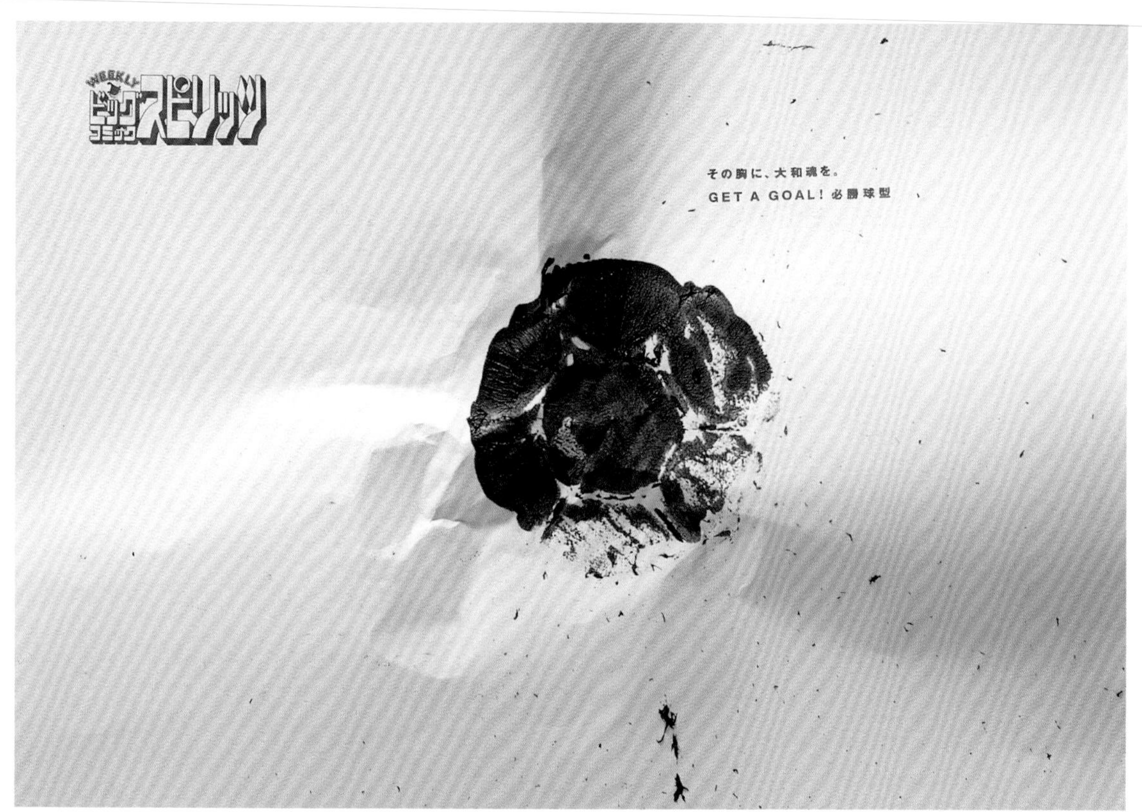

123

124

123-124　1998年
在日本初登场的，配合足球世界杯的制作，足球世界杯和漫画文化的合作。一名日本代表选手吕比须，穿着一双沾了泥土的钉鞋，把球踢起。鞋上那种鲜明泥土的痕迹，表现了对日益临近的世界杯的期待感。

125

126

125-126　1998 年
在足球世界杯上用于声援日本队，使用在亚洲很受欢迎的“机器猫”的标志的声援(小)旗帜及会场风景。世界(地球)的比赛项目，抓住足球世界杯与地球特性与“机器猫”的互相合作(作用)。

127

128

127-128　1995年
在娱乐空间里展开报道(交流)，着眼于角色的作用，进行实验也制作了文字说明。
129-131　1995年
由于同居突出了耳朵在构选上起到了极为重要的作用，把耳朵放到中心的角色展(览)是极独特的尝试。

129

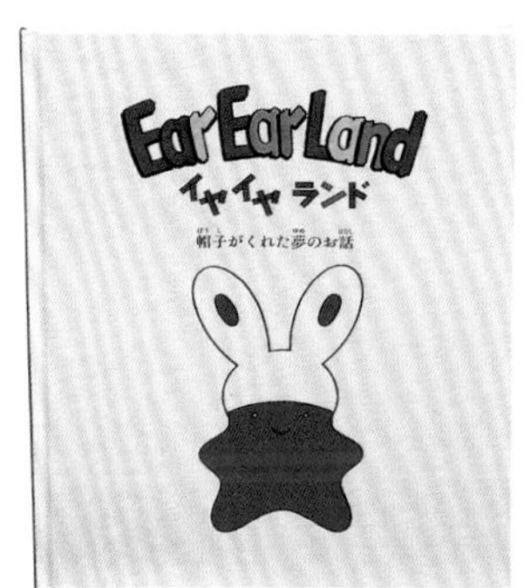

130

131

131　1995年
在一楼会场，发表了适合主题的43种(角色)。2楼再现了1955年日本教室氛围。这些角色展示了创作的活跃的画本。播放使用角色的动画片(卡通片)，会场变得很有生气，使来访的大人、小孩手牵着手就可以阅读。我们所追求的是让孩子们很自然地记住历史上的各个人物。

132

文化调查(调子)
企业和比赛文化的(通讯)，利用画刊语言加声调。报道(通讯)纯粹抽象化的同时，获得有力的效果(影响)。

132-133　1989年
分解家具的机能、美感，进行再构筑。不依赖产品，抓住家具的概念进行再构筑，制作(通信报导)广告画。表现以收藏为印象的桌子，表现以“坐”为机能的椅子。

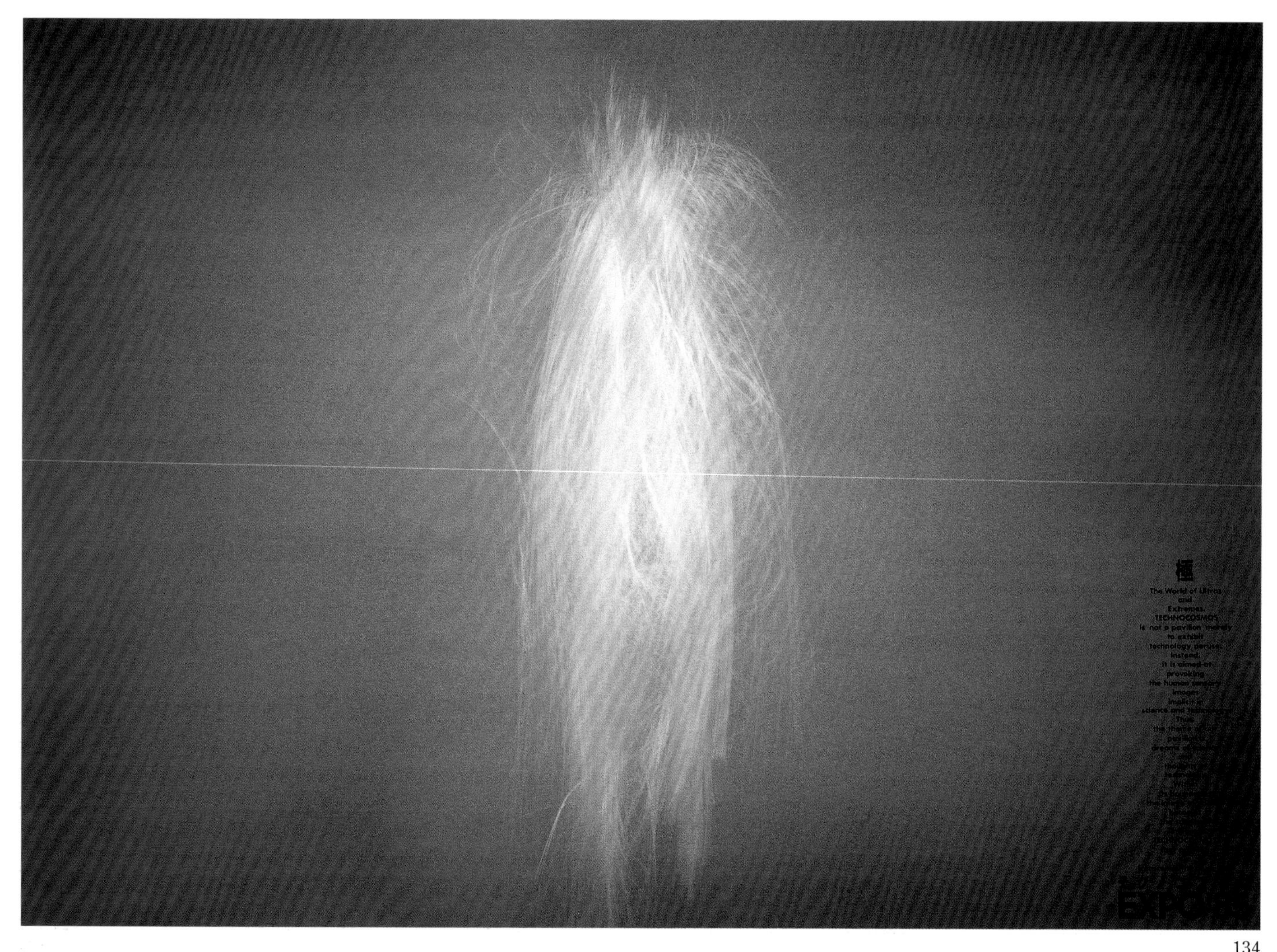

134

134-135 1985年
今后的素材(原点)是以大家期待的玻璃纤维为主题，表现人们利用科学的表现。意识(感觉)个人与世界的表现。

超
The World of Ultras
and
Extremes.
TECHNOCOSMOS
is not a pavilion merely
to exhibit
technology per se.
Instead,
it is aimed at
provoking
the human sensory
images
implicit in
science and technology.
Thus,
the theme of our
pavilion is
dreams of science
and
thoughts of
technology.
EXPO'85

135

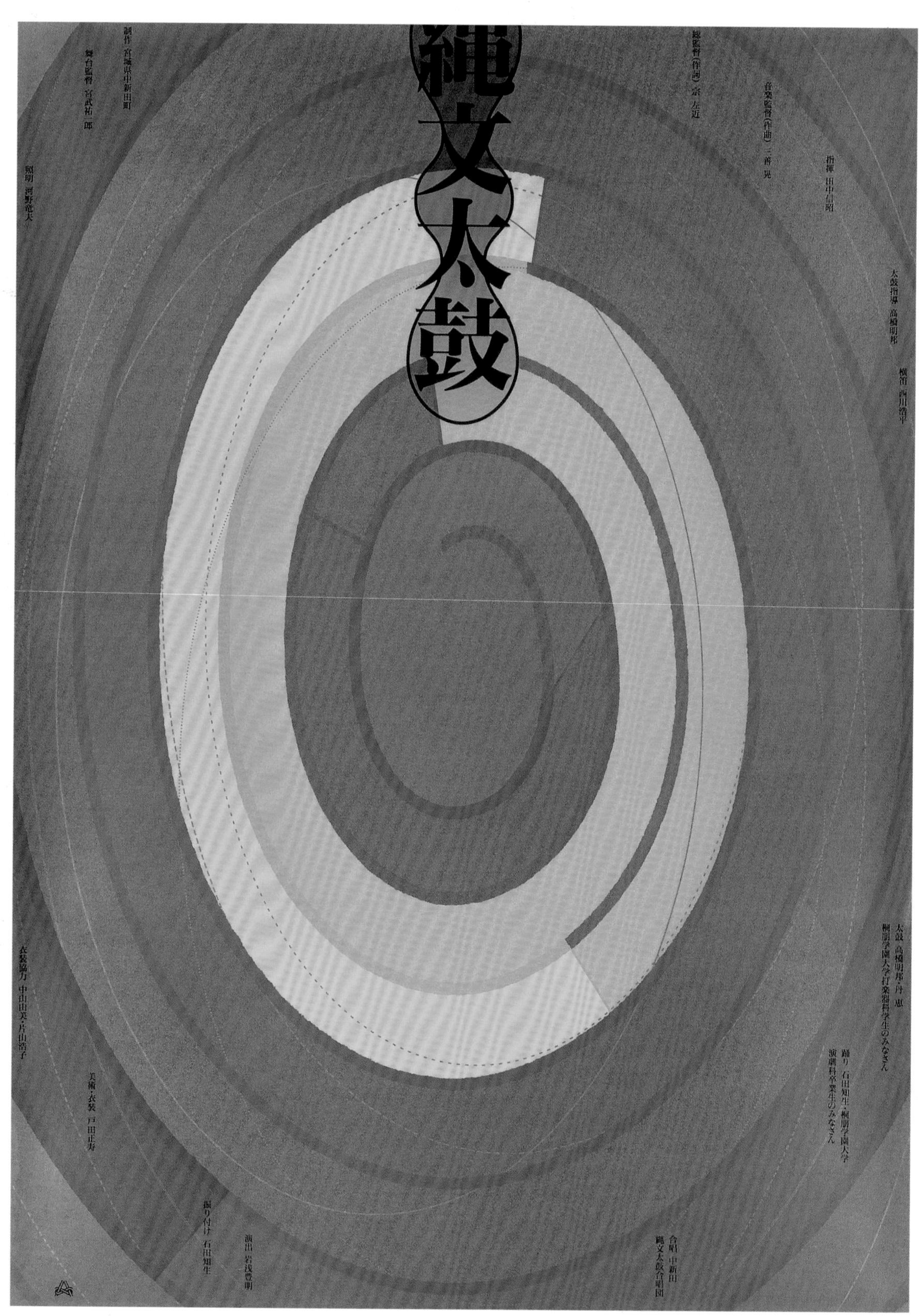

136

136-137　1988 年
日本古代曾繁荣过的绳文文化，向漩涡中心的绳文时代的人起源，超越时代，向漩涡周边的现代人类传播。用对大地的印象来表现绳文文化。

138　1993 年
做成象征绳文文化火焰的影像。

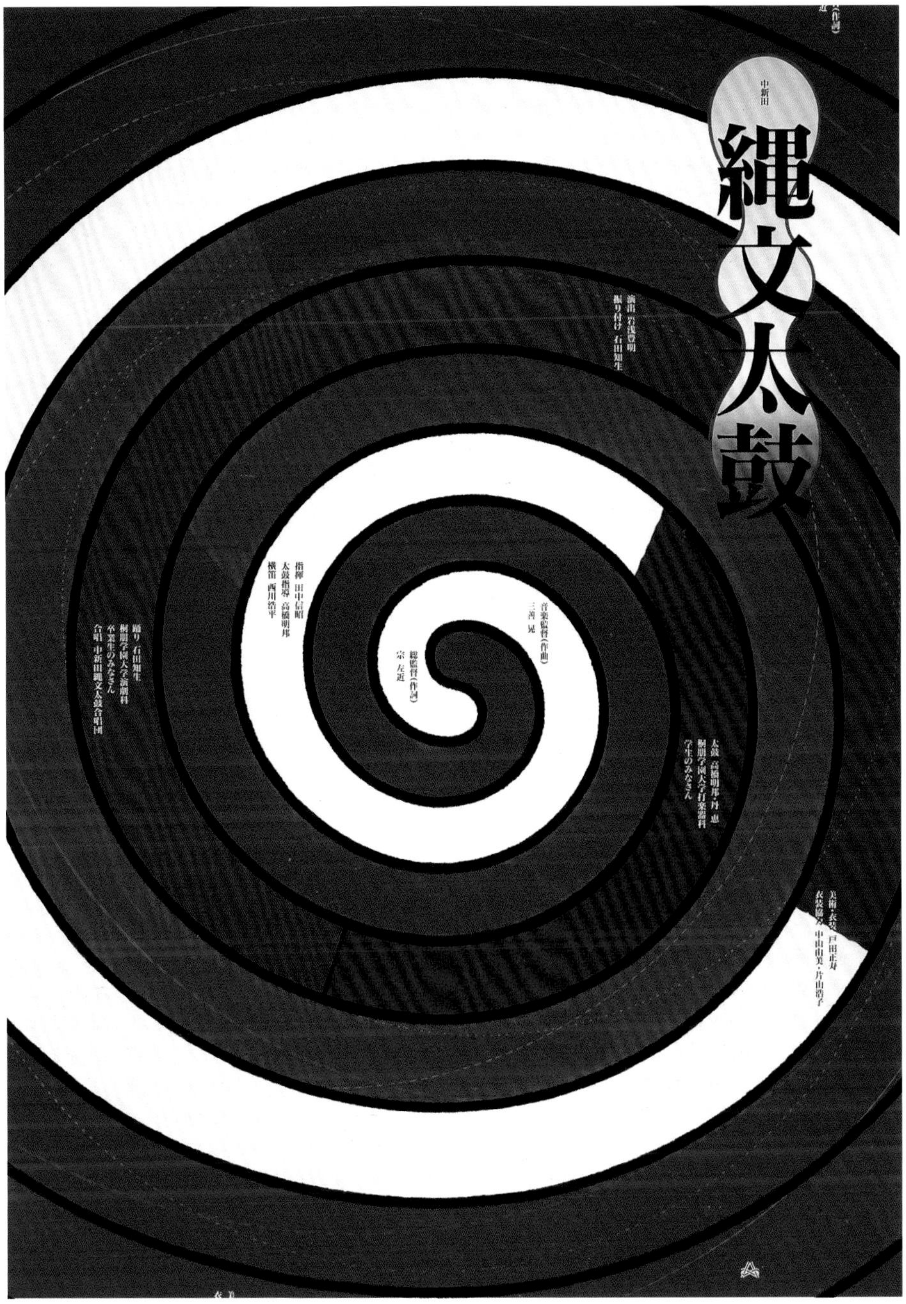
中新田
縄文太鼓
演出 岩浅豊明
振り付け 石田知生
音楽監督(作曲) 三善 晃
総監督(作詞) 宗 左近
太鼓 高橋明邦・丹 恵
桐朋学園大学打楽器科
学生のみなさん
美術・衣装 戸田正寿
衣装協力 中山由美・片山浩子
指揮 田中信昭
太鼓指導 高橋明邦
横笛 西川浩平
踊り 石田知生
桐朋学園大学演劇科
卒業生のみなさん
合唱 中新田縄文太鼓合唱団

137

中新田
縄文太鼓

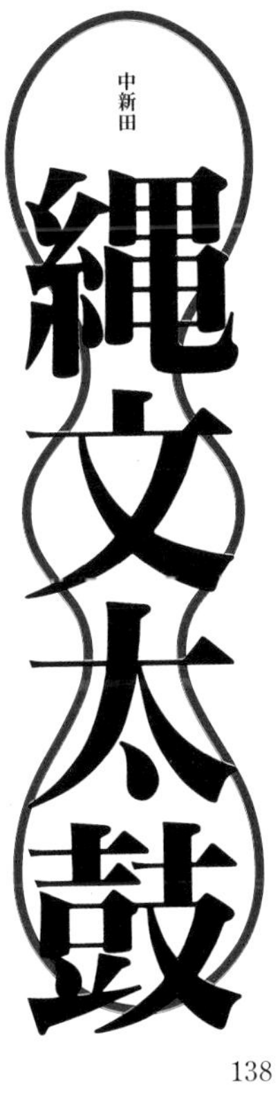

138

139

139　1988年
以“山”为主题展开独自的字体。

140-141　1983年
隐藏在动物身体上的字体。变色龙背脊的颜色(上)，鹿角(下)都是字体，与文字相通。与古英文字的封面组合在一起推测出成效(效果)。

140

141

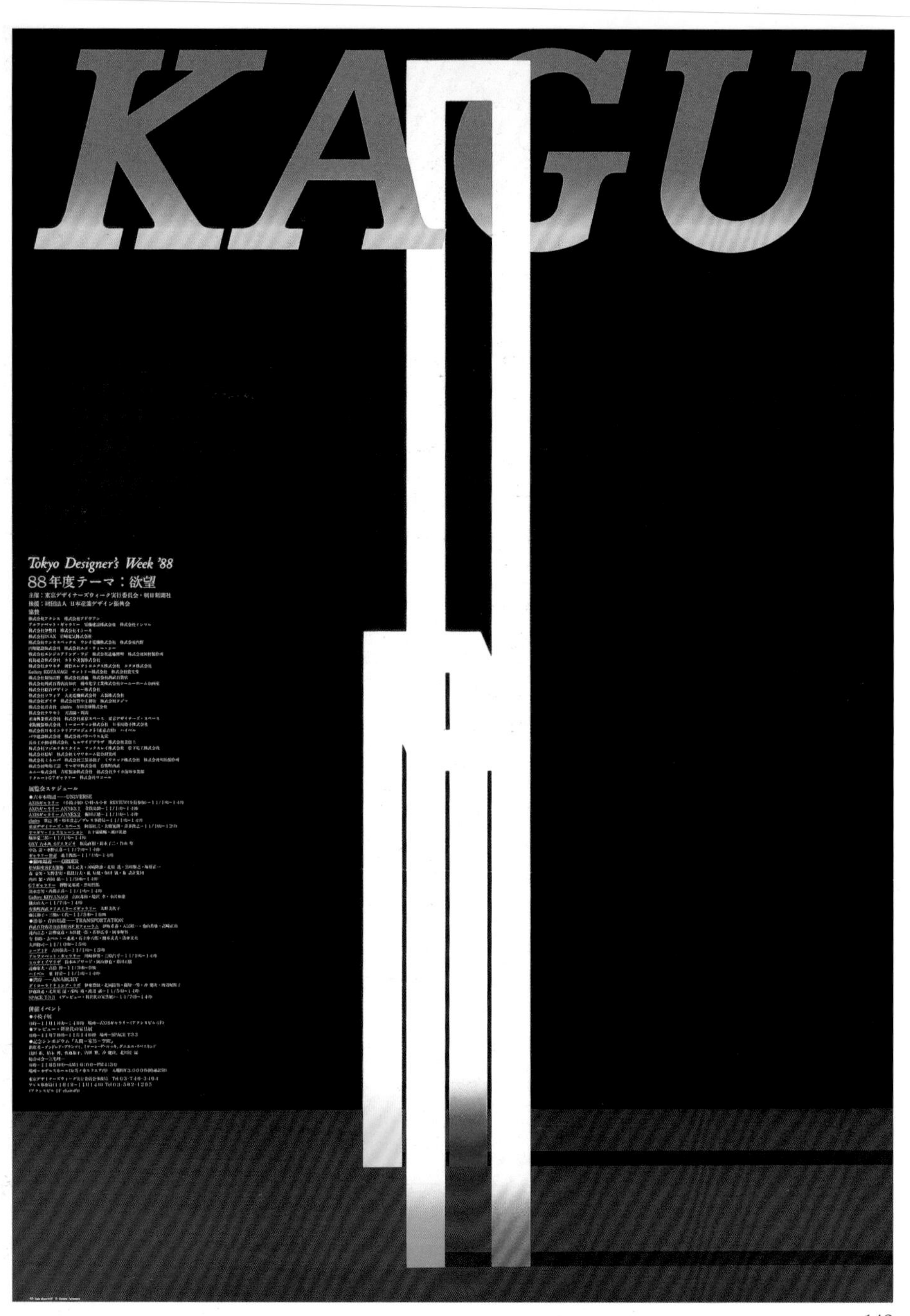

142

143

144

142-144　1988年
日本第一线的制作者会合在一起，发表独创家具的展览会。用画刊语言来表现日本的审美观和西方的室内观(今日的)的现代融合。制作了说明书和文字说明。

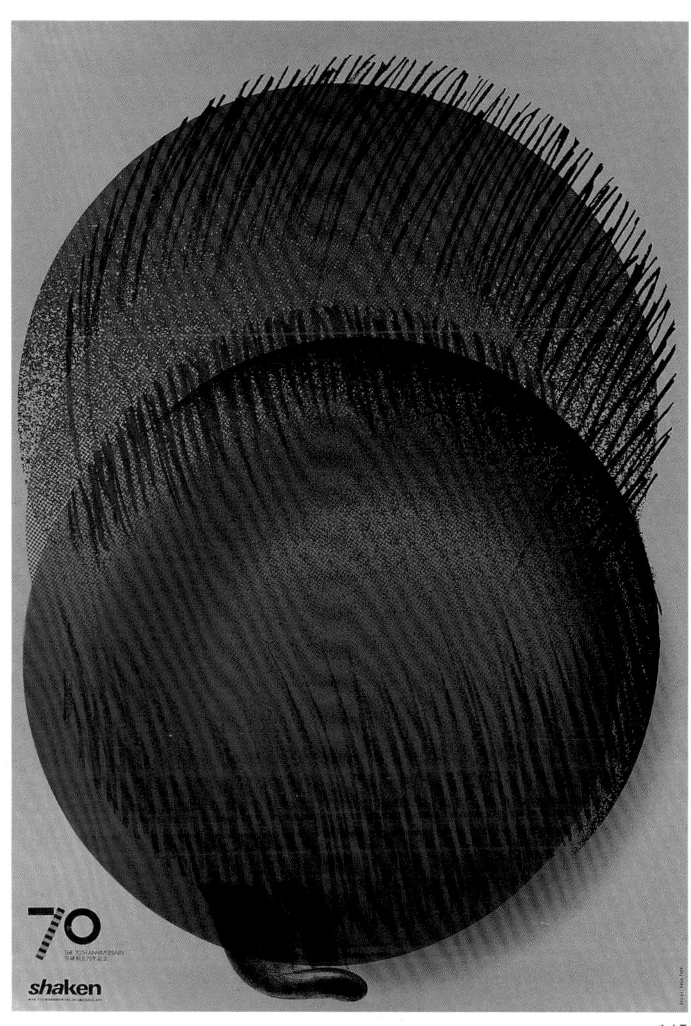

145

146

145　1996年
7个○(表示70)，用表示人的"舌"来支撑。
146　1989年
在曼谷举行的比赛项目，是以介绍日本传统文化为目的。

147

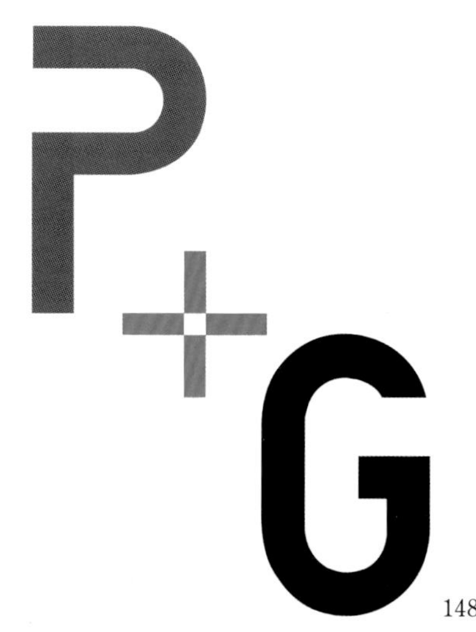

148

147-148　1992年
“P+G”的P表示白金，G表示橡胶，把这二者作为素材的装饰品。

149　1996年
亲自踏住自己完成的设计，不满足已取得的成绩，表现了设计者面对挑战的创造意志。用鞋踏住的设计作品也是设计，设计是非常多义(广义)的。

150　1978年
由恐龙的角，人的手脚等物体构成的非现实性物体。

International Design Center NAGOYA Inc.
IdcN
株式会社国際デザインセンター

149

グラフィックデザインの今日
会　期　'90年9月26日(水)—11月11日(日)
会　場　東京国立近代美術館 工芸館
開館時間　午前10時—午後5時(入館は4時30分まで)月曜日休館
最寄駅　地下鉄東西線 竹橋駅下車
主催／東京国立近代美術館　協力／凸版印刷株式会社
MASATOSHI TODA

150

151

151　1978年
合成战国时代的影像的云海和武将的眼睛。

152-153　1984年
在唱片上写上音乐家，表现他独创的世界。用“是”与“不是”向所见之人单纯提问，有关哪个世界的？否。

152

いいえ

153

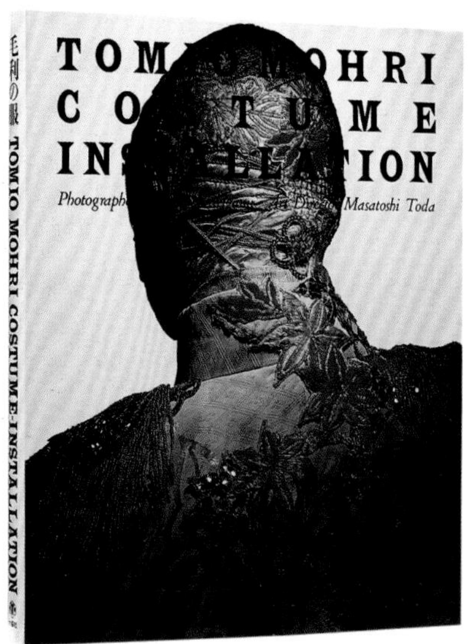

154

154-155 1993年
把毛利臣男制作的衣装不使用模特，而是穿在用报纸、黑色垃圾袋、海绵作成的身体上，表现了通晓人类的真实(现实)物体。也制作了广告画。

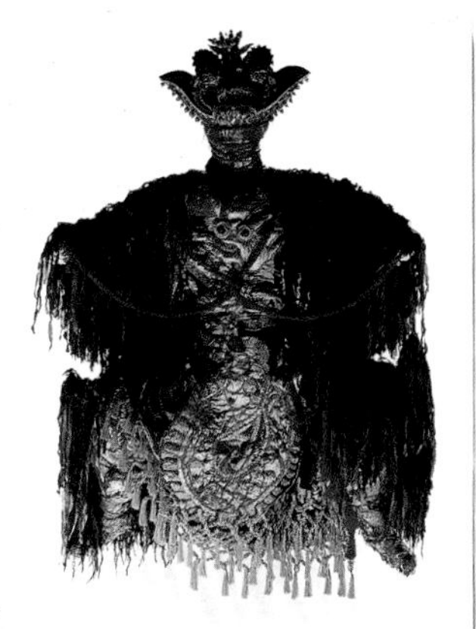

毛利の服
スーパー歌舞伎「ヤマトタケル」の衣裳展
9月12日(金)−9月18日(木)　午前11時−午後8時(最終日は午後5時まで)会期中無休
当日券 − 一般1,000円 学生800円　前売券 − 一般900円 学生800円
会場：スパイラルホール&スパイラルガーデン
東京都港区南青山5−6−23　地下鉄表参道駅B1出口前 ☎(03)498−1171
主催：「毛利の服」実行委員会　後援：松竹株式会社
協力：株式会社ワコールアートセンター　株式会社七彩
お問い合わせ：「毛利の服」実行委員会事務局ポリセント(株)内 ☎(03)404−2008

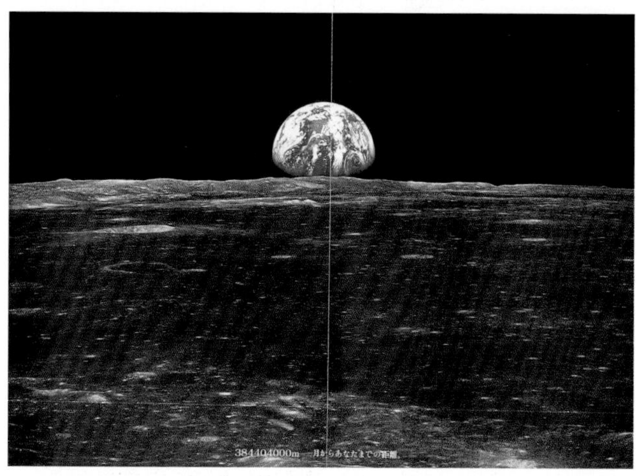

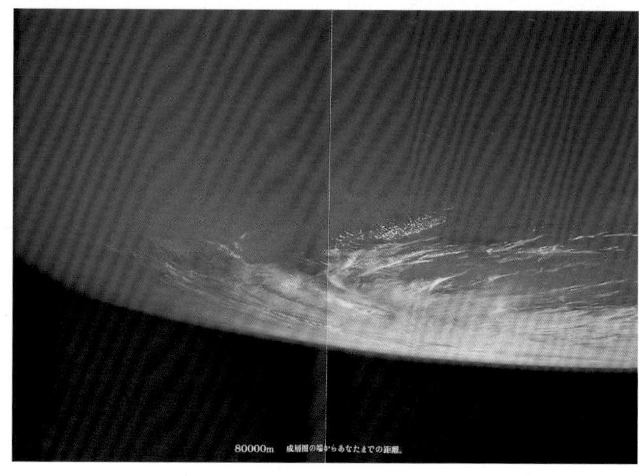

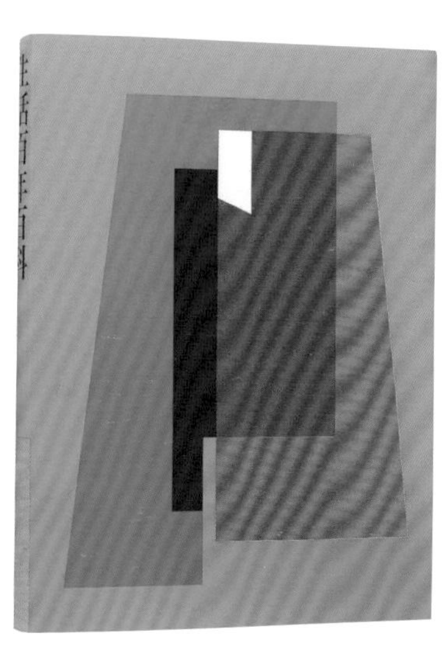

156-159　1993年
做成生动的读物，并非企业活动100年，而是以银行的经济活动当背景提出人们的生活经历过的6个方面，把以前的100年和以后的100年相当于一个点。导入部是从银河系、月亮、大气层这样的顺序揭开地球的景观，靠近与地球的距离，"现在介绍地球的生活"，这么个装置(构造)。也制作了使银行的中枢集中的机关——计算机语言。

男は、女と流行に弱かった。

男は、女と流行に弱かった。

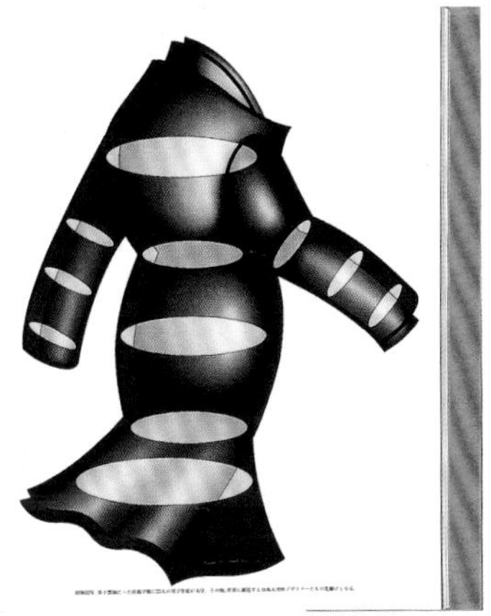

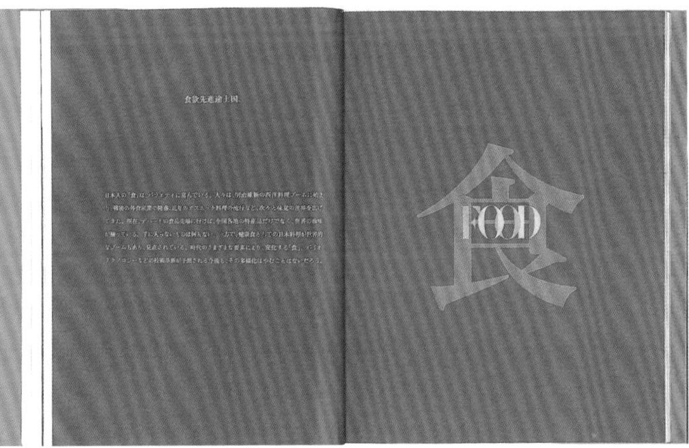

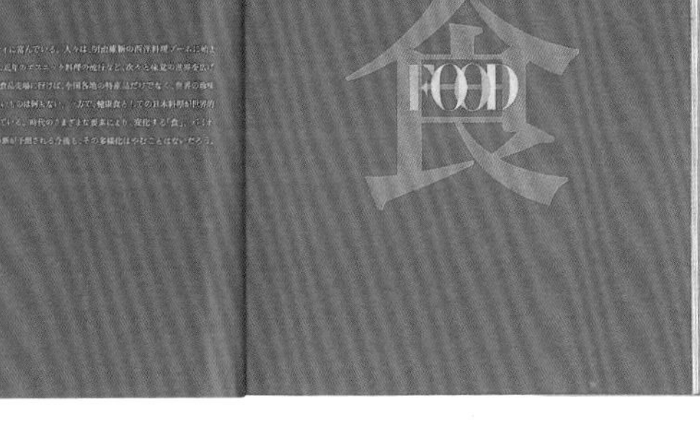

洋食は、消化された。

洋食は、消化された。

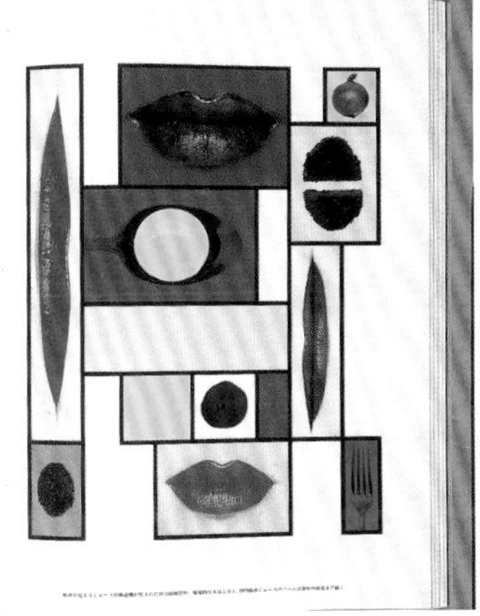

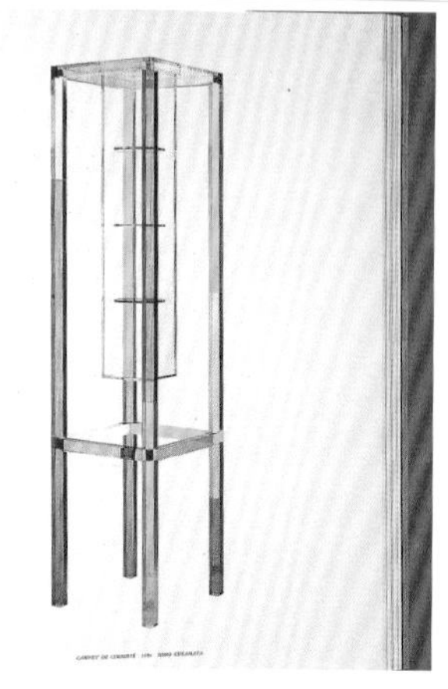

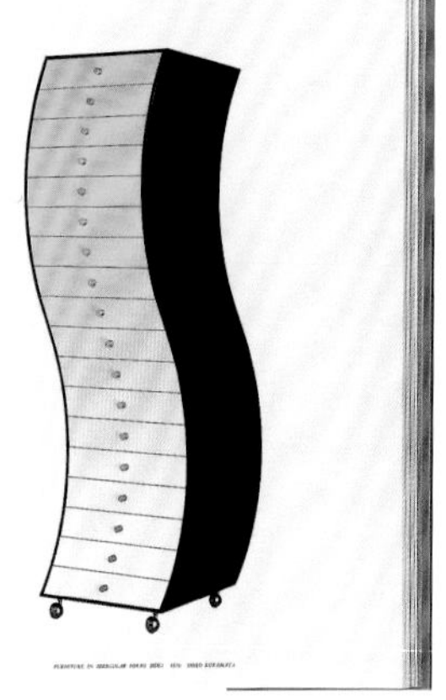

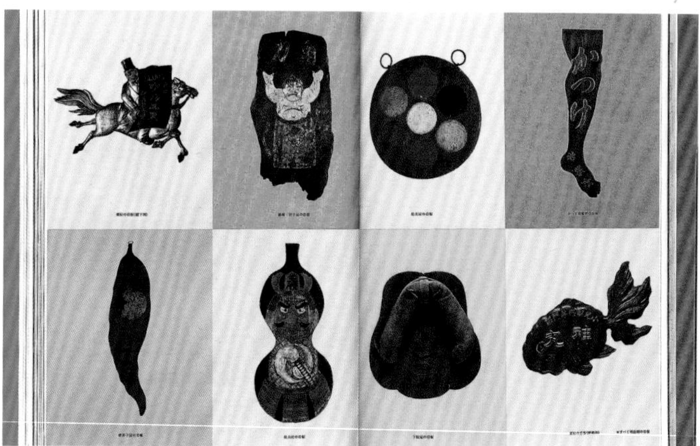

衣食
住遊
知美

157

CLOTHES
FOOD
DWELLINGS
AMUSEMENTS
CULTURE
AND
ARTS

158

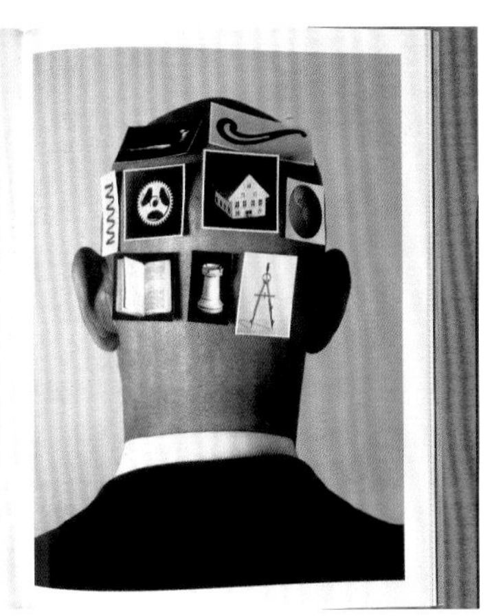

159

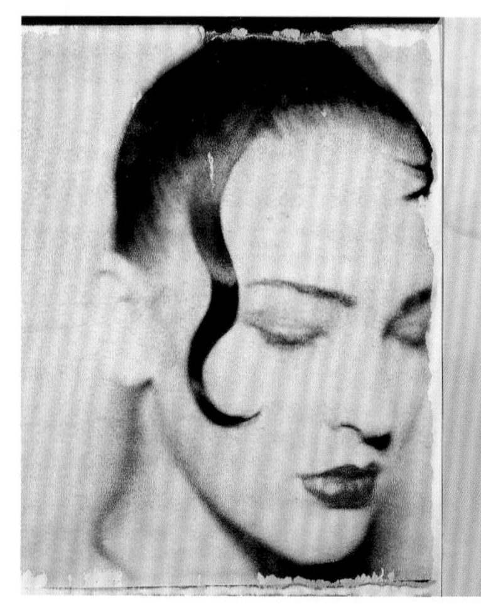

plant

plant
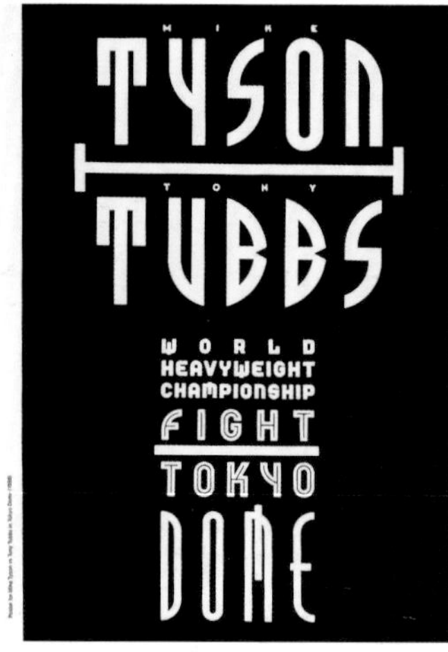
MIKE
TYSON
TONY
TUBBS
WORLD
HEAVYWEIGHT
CHAMPIONSHIP
FIGHT
TOKYO
DOME

THE GRAPHIC LANGUAGE OF NEVILLE BRODY
BRODY
TWENTIETH CENTURY GALLERY
VICTORIA & ALBERT MUSEUM
THE NATIONAL MUSEUM OF ART AND DESIGN

A SEARCHLIGHT IN THE DARK
MR LOVE AND JUSTICE
COLIN MACINNES

8 EYED SPY
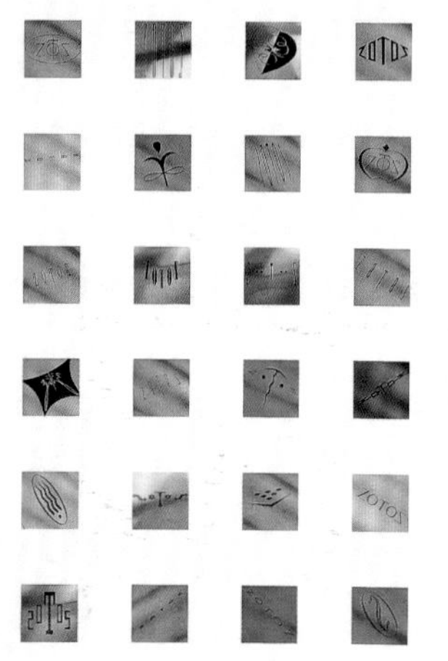
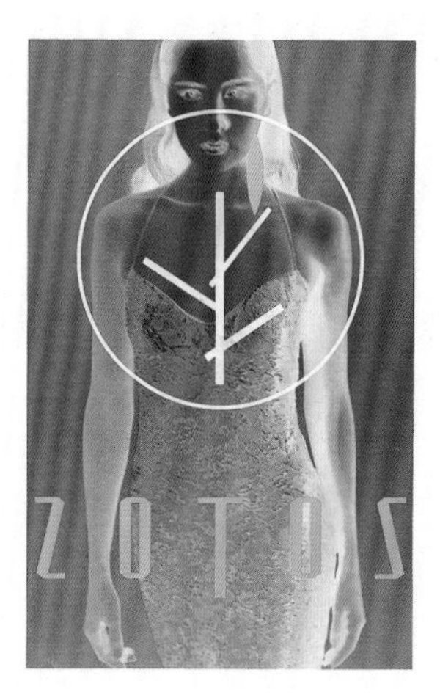
ZOTOS
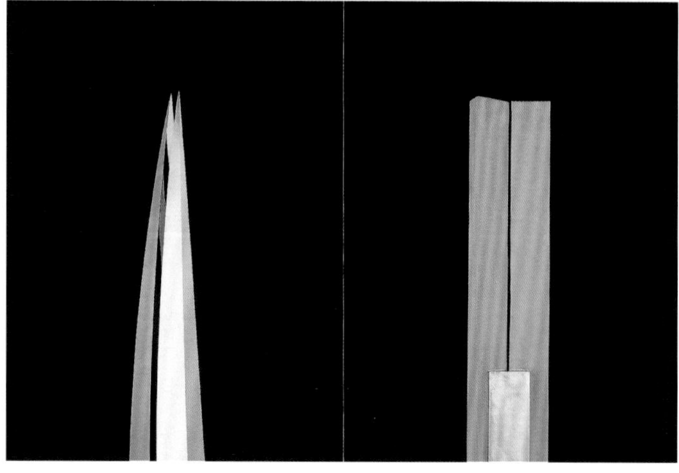

PICABIA
DESIGN & CULTURE
MAGAZINE BIMONTHLY
ピカビア
12月号
SPECIAL 1 ネヴィル・ブロディ
NEVILLE BRODY
SPECIAL 2 ロンドンのピカビアたち
PICABIAN OF LONDON
SPECIAL 3 ジョン・ケージ
JOHN CAGE
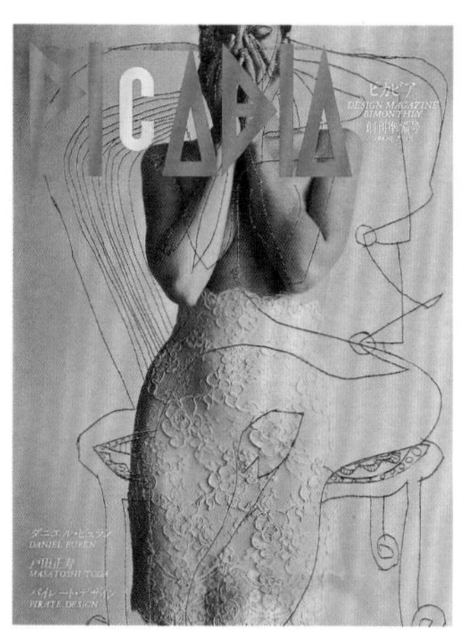
PICABIA

PICABIA
デザイン&カルチャー
ピカビア
4月号
リック・ヴァリセンティ/サースト
マット・マヒューリン
ジュディス・ターナー

PICABIA
デザイン&カルチャー
MAGAZINE BIMONTHLY
ピカビア
2月号
SPECIAL ジョン・C・ジェイ

160

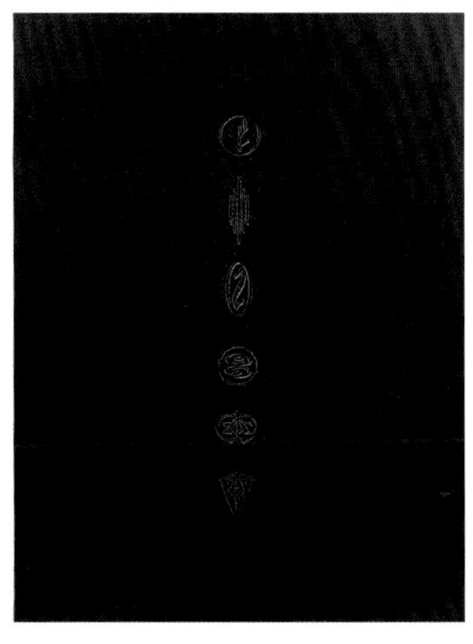

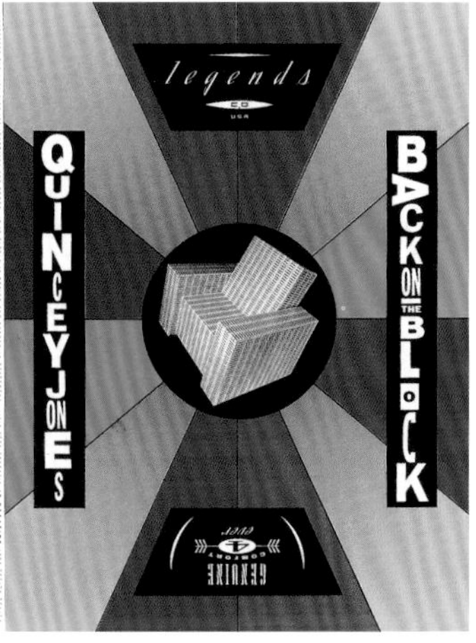
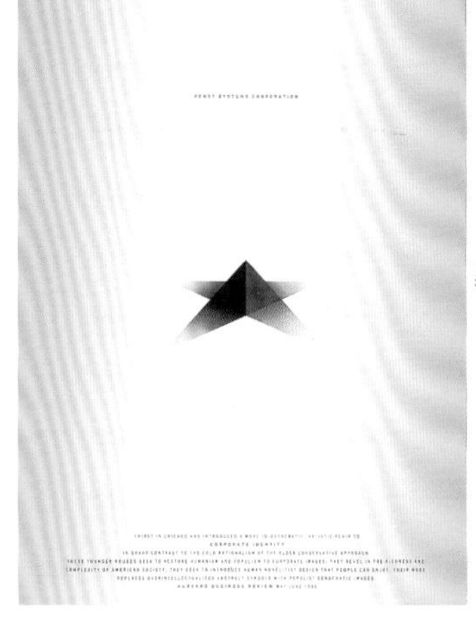
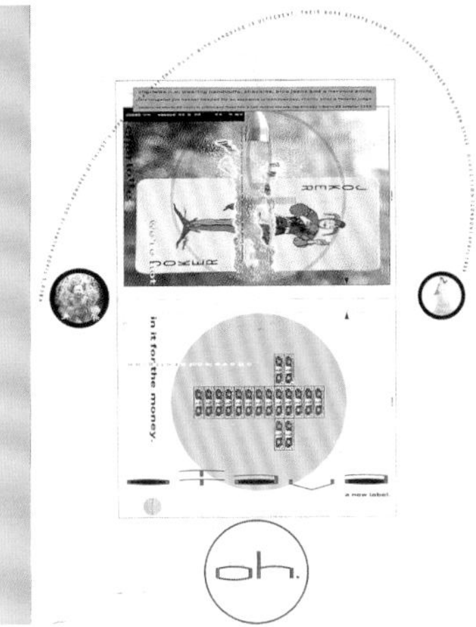
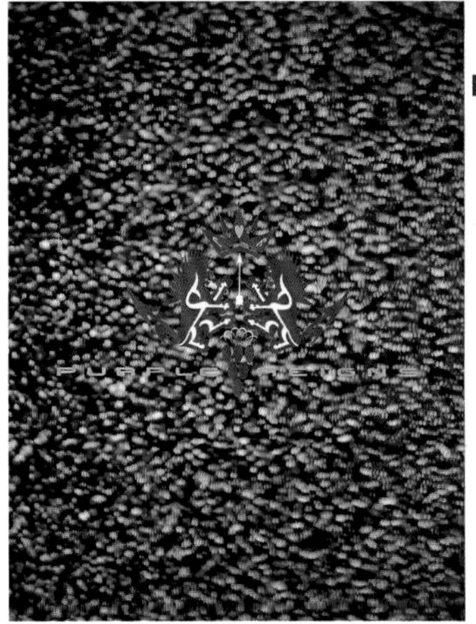

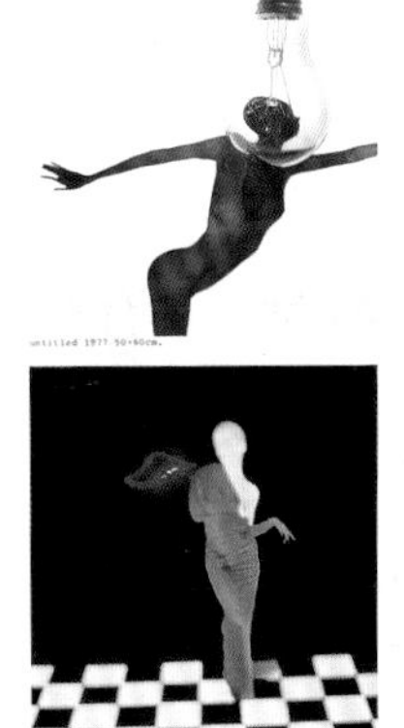

161

160–161　1989年

美术指导、活字连用、布局设计与杂志制作整体密切相关。在东京这个都市里产生的美术、美术设计、建筑、家具等等整个集中到杂志里来，为此，设计所占据的比例是相当大的。

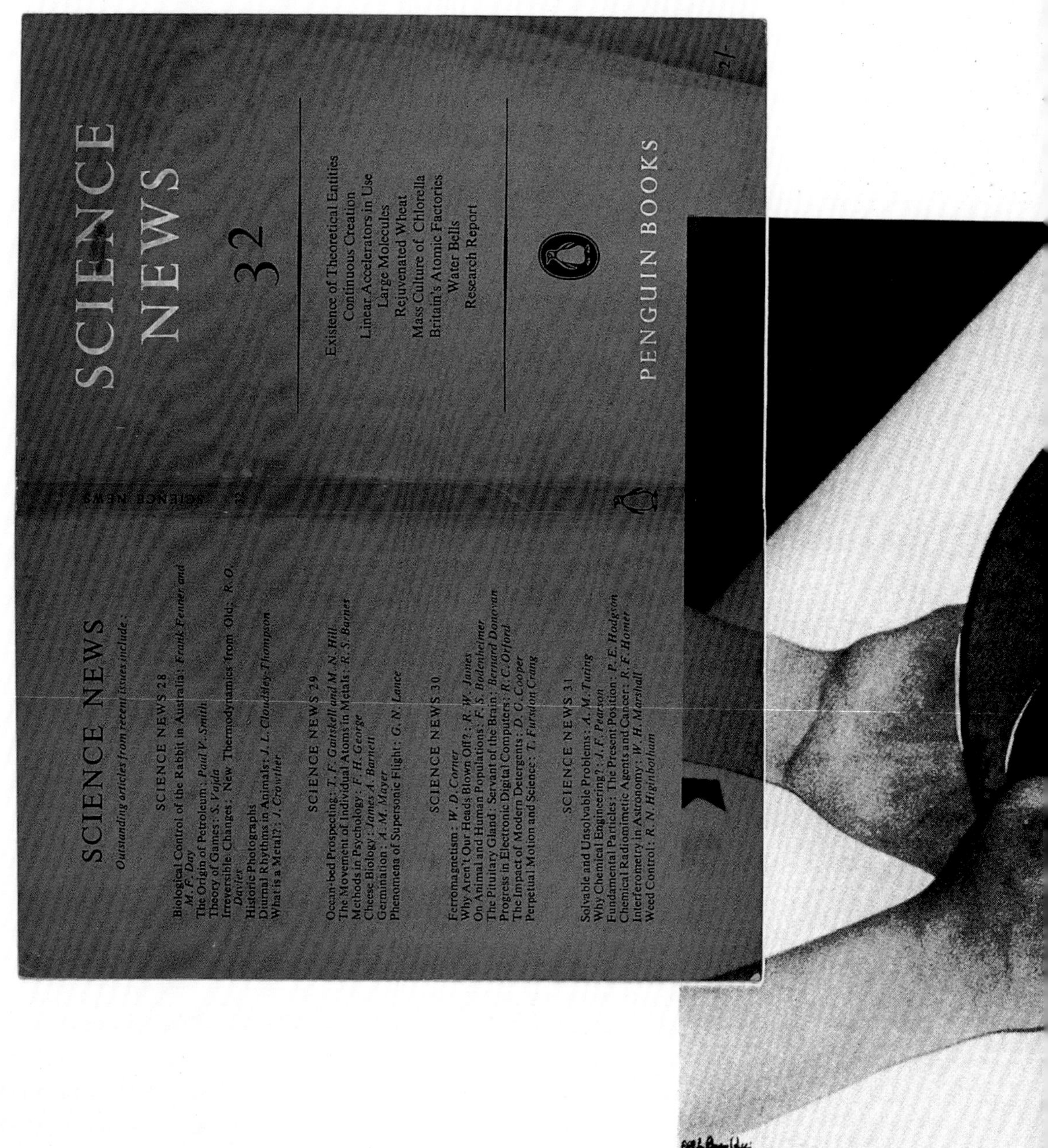
SCIENCE NEWS
Outstanding articles from recent issues include:
SCIENCE NEWS 28
Biological Control of the Rabbit in Australia: Frank Fenner and M. F. Day
The Origin of Petroleum: Paul V. Smith
Theory of Games: S. Vajda
Irreversible Changes: New Thermodynamics from Old: R. O. Davies
Historic Photographs
Diurnal Rhythms in Animals: J. L. Cloudsley-Thompson
What is a Metal?: J. Crowther
SCIENCE NEWS 29
Ocean-bed Prospecting: T. F. Gaitskell and M. N. Hill
The Movement of Individual Atoms in Metals: R. S. Barnes
Methods in Psychology: F. H. George
Cheese Biology: James A. Barnett
Germination: A. M. Mayer
Phenomena of Supersonic Flight: G. N. Lance
SCIENCE NEWS 30
Ferromagnetism: W. D. Corner
Why Aren't Our Heads Blown Off?: R. W. James
On Animal and Human Populations: F. S. Bodenheimer
The Pituitary Gland: Servant of the Brain: Bernard Donovan
Progress in Electronic Digital Computers: R. C. Orford
The Impact of Modern Detergents: D. G. Cooper
Perpetual Motion and Science: T. Fursdon Crang
SCIENCE NEWS 31
Solvable and Unsolvable Problems: A. M. Turing
Why Chemical Engineering?: J. F. Pearson
Fundamental Particles: The Present Position: P. E. Hodgson
Chemical Radiomimetic Agents and Cancer: R. F. Homer
Interferometry in Astronomy: W. H. Marshall
Weed Control: R. N. Higinbotham
SCIENCE NEWS 32
SCIENCE NEWS
32
Existence of Theoretical Entities
Continuous Creation
Linear Accelerators in Use
Large Molecules
Rejuvenated Wheat
Mass Culture of Chlorella
Britain's Atomic Factories
Water Bells
Research Report
PENGUIN BOOKS
2/-

Commercil Message

当促进购买商品这个目的所做的广告报道，画美术印刷设计也起到了很大作用。为了向购买层报告商品的战略和价值创造了印刷美术语言，这是商品通向成功，毫无疑问会使广告主等第三者高兴，首次产生价值的设计行为。

163

○威士忌
在日本高级品牌的威士忌被认为当作礼品用的，为了使普通家庭平时也喝威士忌更进一步进行了宣传活动。传达了酒文化的下一个步调(措施)，超越了广告的范围，被社会接受了。

162-166　1982年
朗博(Arthur Rimband)是法国的浪漫诗人，他将浪漫主义和冒险精神重叠到威士忌品牌上来了。通过在家庭享用威士忌，传递朗博的真实存在和表现了个人的幻想世界的形象的合作，使从未有过的价值错位。通过特意弄破拍得很漂亮的照片,使幻灭的美与他漂泊的人生重叠起来。

164

165

166

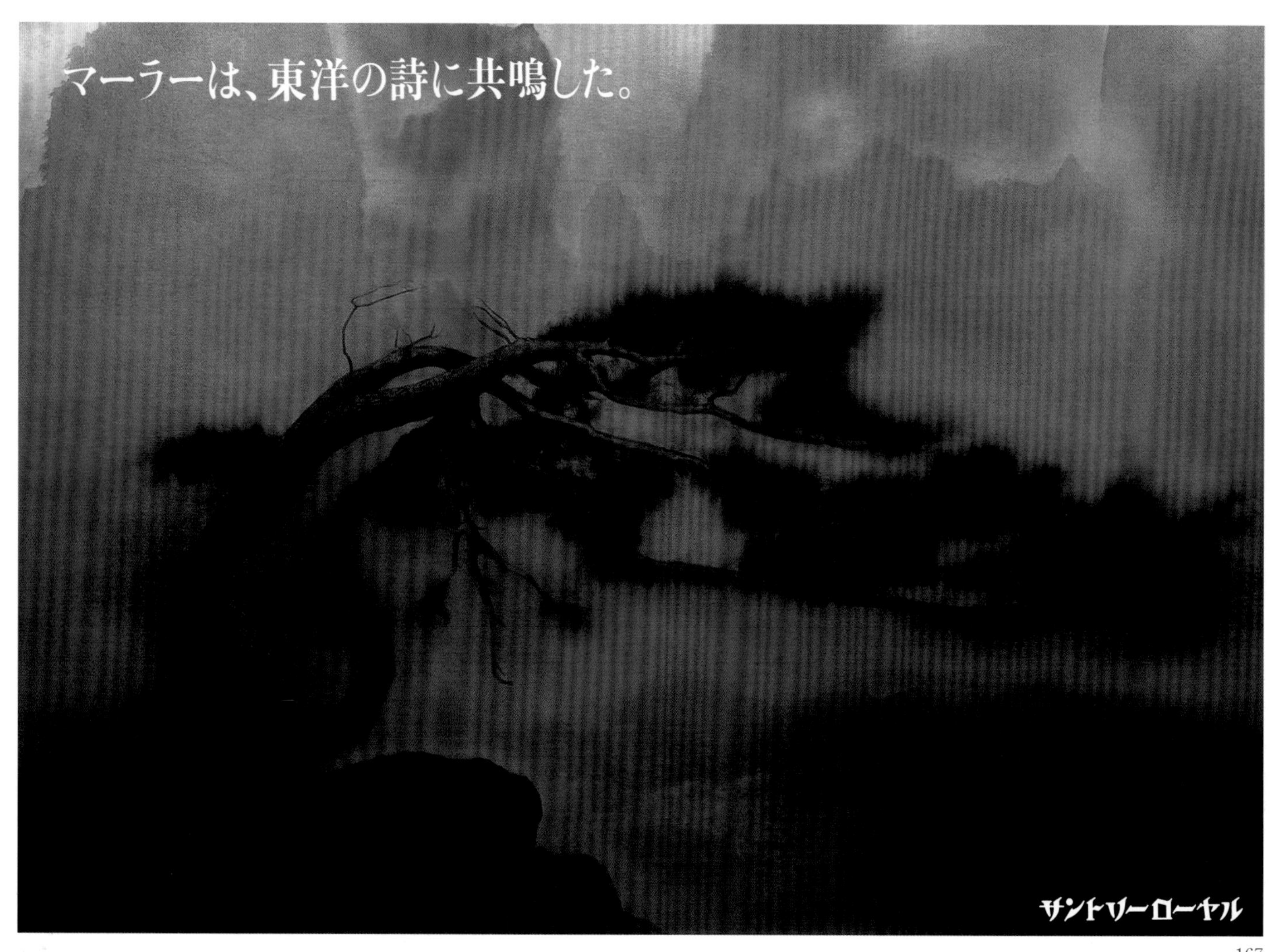

167

167-168　1984年
受到东方哲学概念影响的澳地利作曲家Gustar Maheer脱颖而出。用山水画的笔触，画了中国山的形象的插图，中国山是用钝的金箔银箔画成的。用这幅插图暗示了东方文化世界的深远以及工匠们卓越的技术力。成功地逆转了代表西洋食文化的威士忌与东方日本酿造的负面形象。

マーラーは、東洋の詩に共鳴した。
マーラーの最高傑作といわれる交響曲
「大地の歌」は、李白らの漢詩から生まれました。
人生と酒を歌った東洋の詩が、
当時のマーラーの精神や思想に、影響を
与えたようです。それは、マーラーが文学を愛した
音楽家であったからかも知れません。
深夜、こうしてグラスにローヤルを満たし、
「大地の歌」を聴いていると、
ウイスキーが体にしみてきます。
東洋だ、西洋だ、そんな区別より、いいものは
いいの気持になります。素晴らしいものは、
個性だけでなく、普遍性を持っています。
西洋に生まれたウイスキーが、東洋の大地に
花ひらく。西洋に負けないウイスキーに
成長する。初めは誰も信じられなかったことです。
日本が生んだ世界のウイスキー、ローヤル。
磨きに磨いたまろやかさを味わいながら、
名曲をおたのしみください。
サントリーウイスキー
ローヤル
168

169

169-170　1982年

在长远的时间中西班牙的建筑师Antonio Gaudi构思了有个性的建筑物。他的存在表现了高级威士忌的成熟所需长久时间的重要性。Gaudi特意将薄板切割开来贴到墙壁上等等，以此看来他的作品是装饰性的。在这幅广告画里给Gaudi完美无缺，高贵建筑物的照片涂上有立体感的油漆，与画面本身具有的装饰性重叠。

人を酔わせるのは「いのち」。
60
サントリーローヤル

かわいい家。
人を酔わせるのは「いのち」
ROYAL
サントリーローヤル

やわらかい石。
ROYAL
サントリーローヤル

170

171

171-172　1982年
高级威士忌进入家庭的背景，自幼热衷于捕捉昆虫的昆虫学家Henri Fabre出场，身边放着高级威士忌表现出浪漫气质。童话里的虫子、螳螂、蜻蜓、蝴蝶等昆虫互相凝视着，表现了昆虫学家所具有的浪漫与才智。

「昆虫記」を読む、ローヤルを飲む。
サントリーウイスキーローヤル
楽園は、ここにあり。

本の虫と酒の虫。
どういうわけか、人間は、虫にたとえられますね。ファーブル先生の「昆虫記」を読むと虫の生態や習性が人間とダブってきたりします。神秘もあれば謎もあり、虫のいちずな性格にも驚かされます。本の虫には、文庫本でも20冊ある「昆虫記」はいかがですか。酒の虫には、たっぷり時間をかけたローヤルでしょう。時間にみがかれた2つの世界を同時に味わってしまう。本の虫と酒の虫がひとつになる時間。スローペースでお楽しみください。
●アンリー・ファーブル（1823～1915）
南フランスの片田舎、サン・レオン村に生まれる。少年時代も教師時代も貧しかった。30代、「種の起源」のダーウィンに"たぐいまれな観察者"とたたえられる。しかし、生活は相変わらず苦しかった。48歳、オランジュの村に家を借りる。昆虫の観察が、この小さな村で続けられた。56歳、「昆虫記」の執筆にとりかかる。20年後、全10巻が完成。ファーブルの名が世界に知れ渡った。91歳、やすらかに永遠の眠りについた。
楽園は、ここにあり。
サントリーウイスキー
ローヤル

じっくり氏とゆっくり氏。
ファーブル先生は、遠い外国へ昆虫の観察に行く機会に恵まれませんでした。そのかわり、小さな村で、じっくりと深い観察を続けたんですね。珍しい虫の発見は出来なくても、どこにでもいる虫たちの珍しい生態を、次々と発見しました。「昆虫記」が面白いはずです。ローヤルをゆっくり飲みながら、「昆虫記」をじっくり味わう。時間をかけたものの深い味わいでしょうか。「昆虫記」と「ローヤル」。じっくり氏とゆっくり氏の夜がまいりました。
楽園は、ここにあり。
サントリーウイスキー
ローヤル

172

173

○汽车
尝试将代表日本的高级车的舒适的“奔驰”与美妙的设计比作自然界某些物质的质感和美丽来进行表现。在制作中采用了户田开发出来的手法——独创的题材(物体)。

173 1985年
用大理石的白色鸟来表现高级自用车辆构造美和轻快感。用大理石和流线美来表现高贵质感和品格，把白色鸟羽毛的轻盈与速度的轻捷重叠交织起来表现。

174 1985年
用孩子柔软的手来传达“高级滑翔机”的自然美。表现了用先进素材玻璃纤维定型的“高级滑翔机”构造上的柔软。

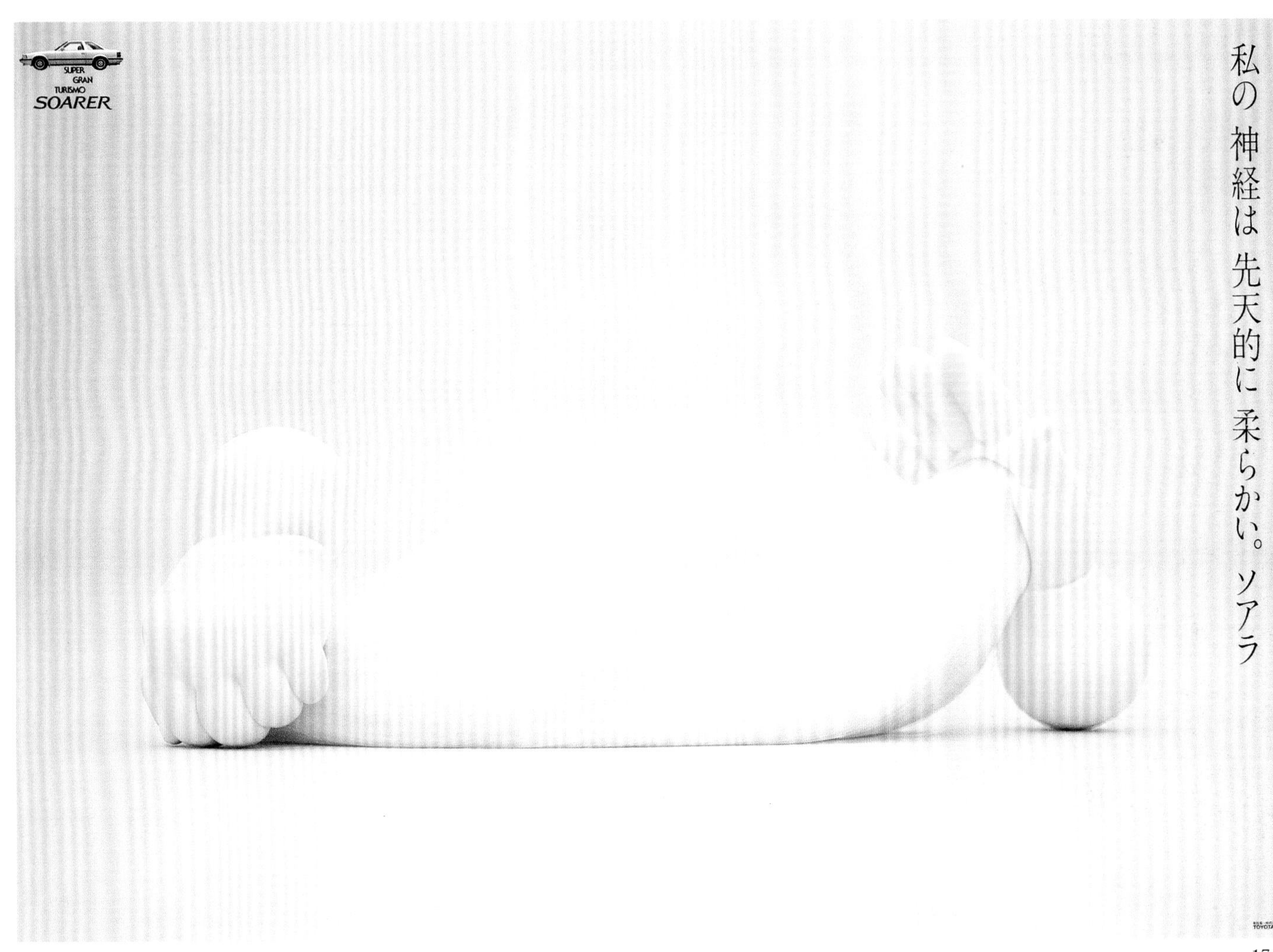

174

OLYMPUS

ふたりでカメラする。

XA2

Xという女と Aという男が 2人いて

175

176

○照相机

将欧美型的和日本传统型的不同类型的相机混合到一起，时而产生出新鲜的效果。在此成功地向人们传达了新概念的照相机诞生了。

175-178　1989年

在白木的舞台上，让穿着和服的外国模特配上竹子等，在日本式的构思中摄影。全面表现组合的新鲜的同时亮出了新型照相机。

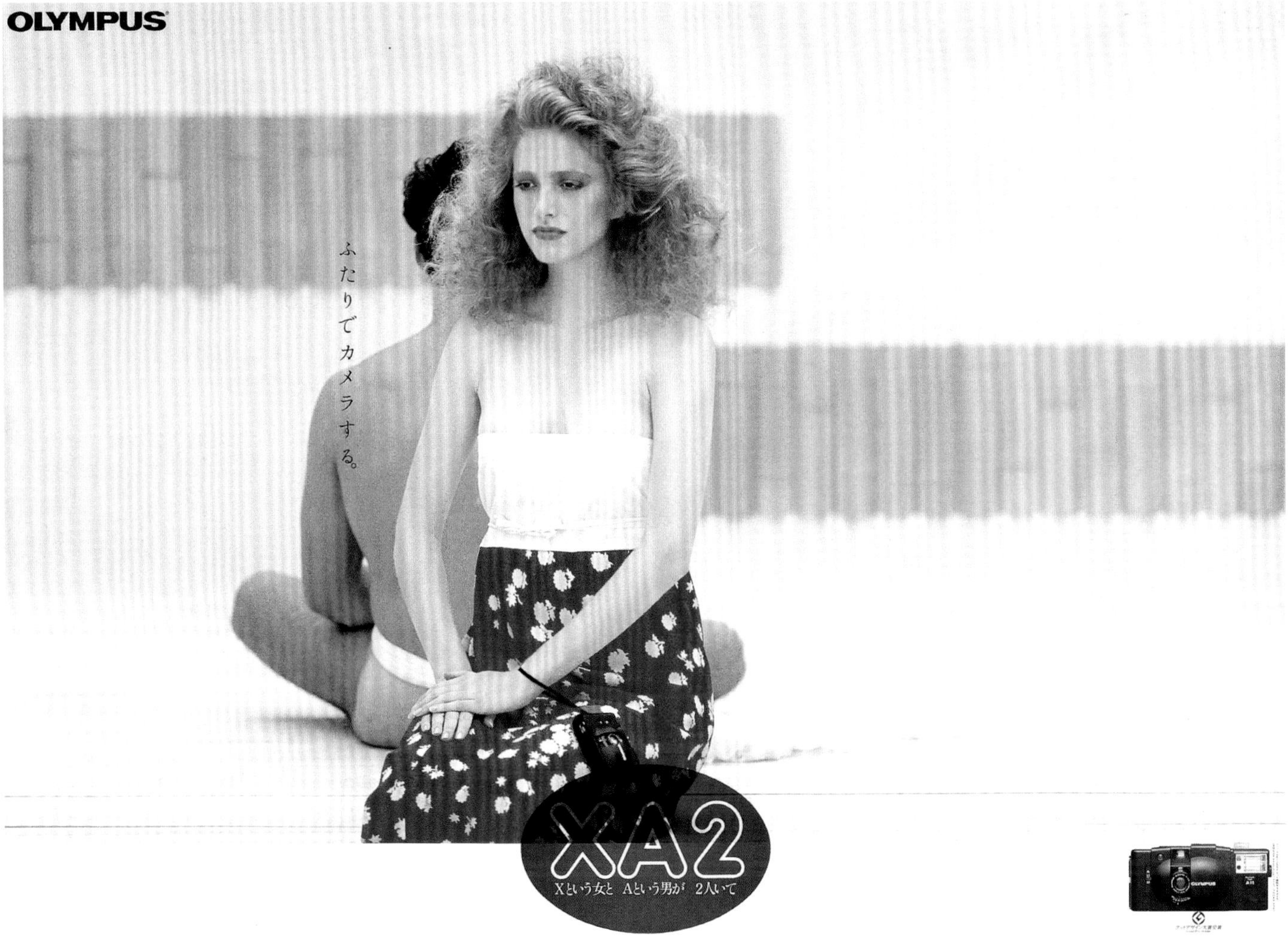
OLYMPUS
ふたりでカメラする。
XA2
Xという女と Aという男が 2人いて

177

XA2

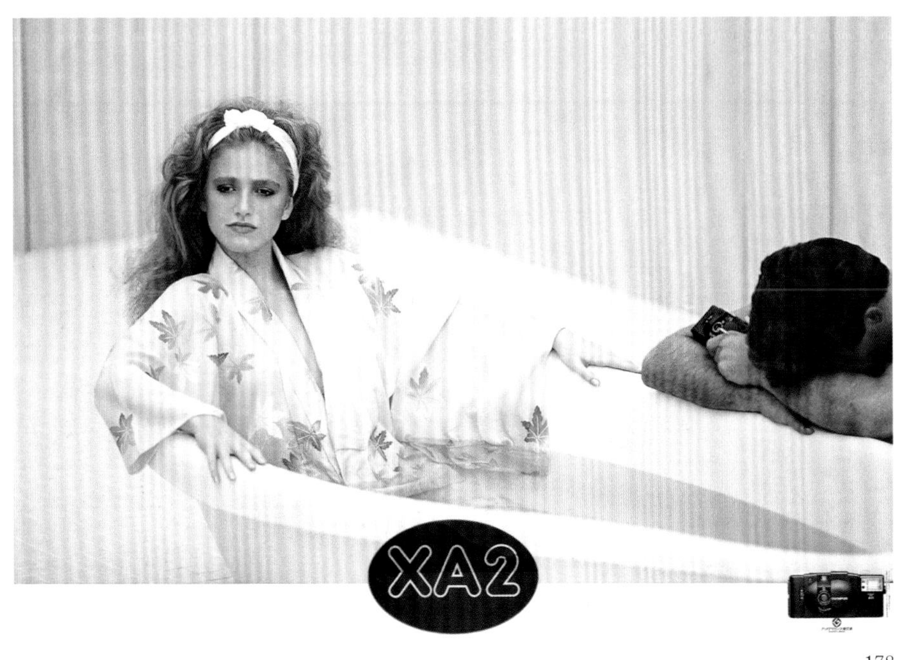

178

179

○罐装啤酒
在家也能轻松饮用的啤酒，表现由此而产生出来的舒适的、空气清新的生活。只要有冰箱、美术、罐装啤酒就能立即表现这些概念。在宣传活动成功、扩大的过程中，画刊的表现也得到扩大，使人们看到它的发展。

179-180　1980年
年轻人单身公寓的形象。将日本习惯朝北开的厨房改到朝南开。在此可抓住从窗户望出去的风景也是美术。

カンビールの空カンと破れた恋 は、お近くの屑かごへ。

カンビールと鉢植えの水は、きらしたことがない。

毎日3キロ走りだしたら、カンビールが好きになった。

180

SUNTORY CAN BEER
サントリー缶ビール

私の主食は、レタスと恋とカンビールね。

181　1980年
用质朴的照片和质朴的拷贝构成。报纸整个版面展开的广告的形象的原点是B全尺寸的广告画。

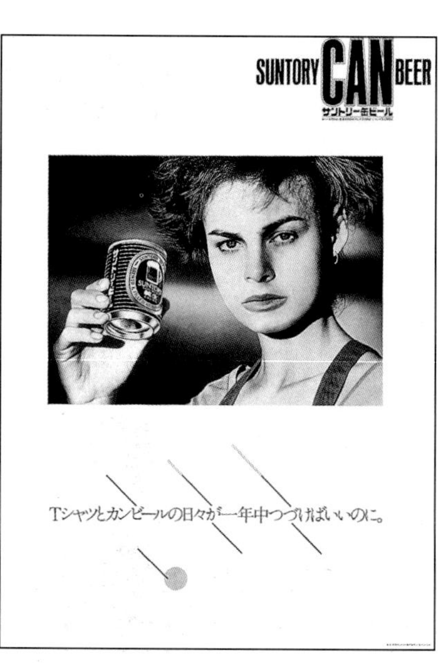

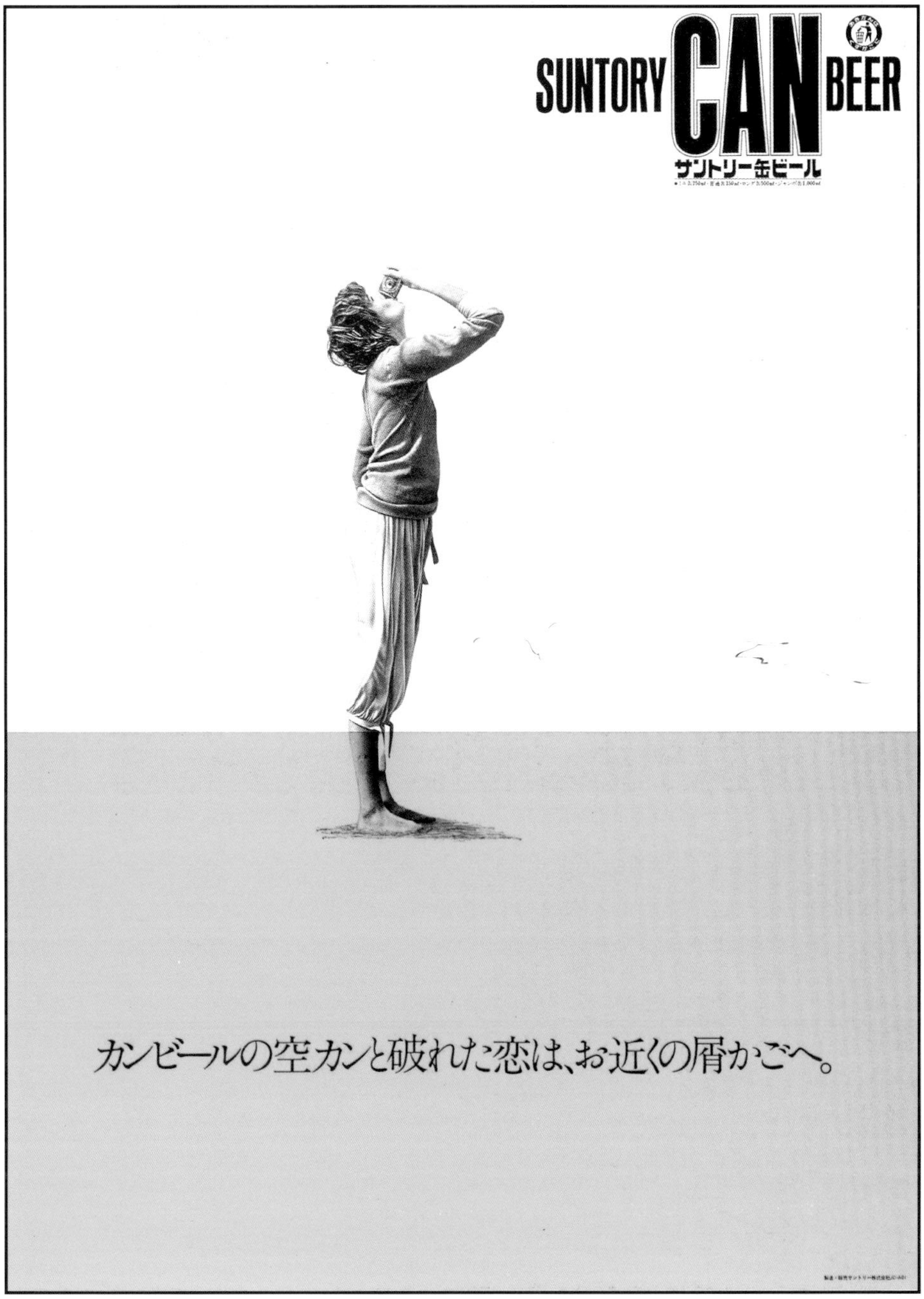

SUNTORY CAN BEER
サントリー缶ビール
カンビールの空カンと破れた恋は、お近くの屑かごへ。

181

SUNTORY CAN BEER
サントリー缶ビール
カンビールを
飲むために、キッチンにステレオを置いた。

SUNTORY CAN BEER
サントリー缶ビール
ケンカには弱いけれど、カンビールは強いのだ。

SUNTORY CAN BEER
サントリー缶ビール
冷蔵庫
がおいしくしたのは、カンビールだけかもしれない。

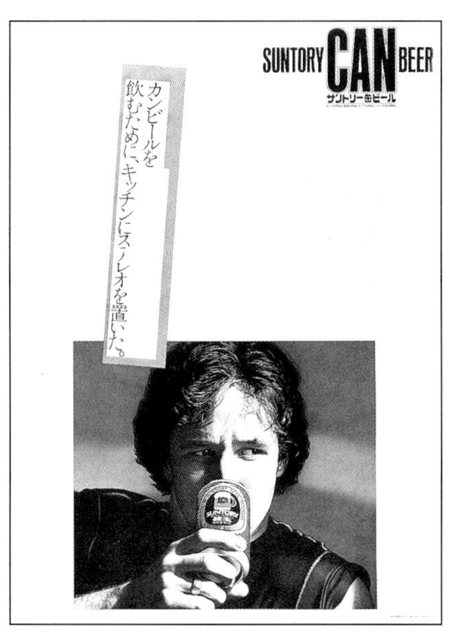

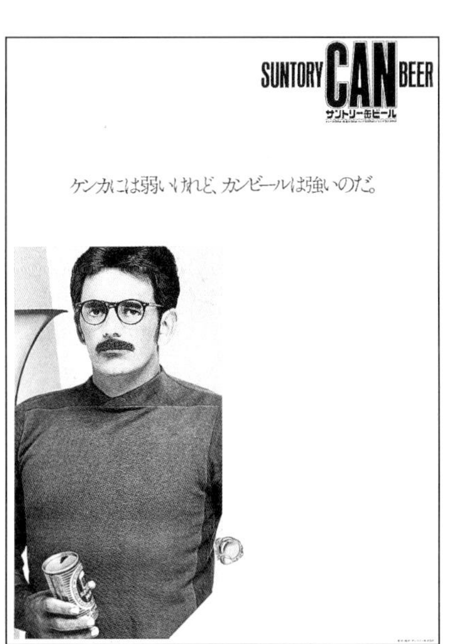

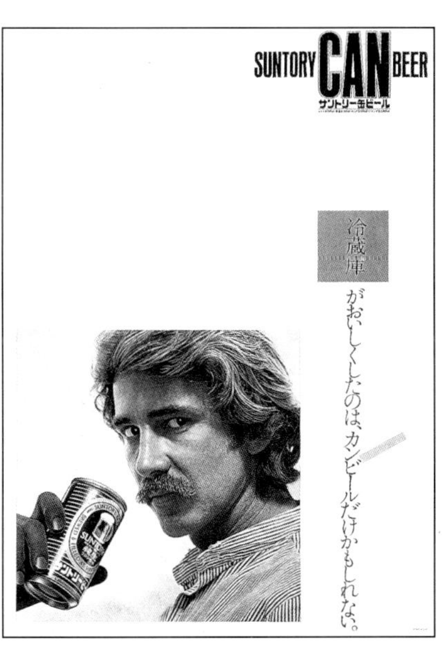

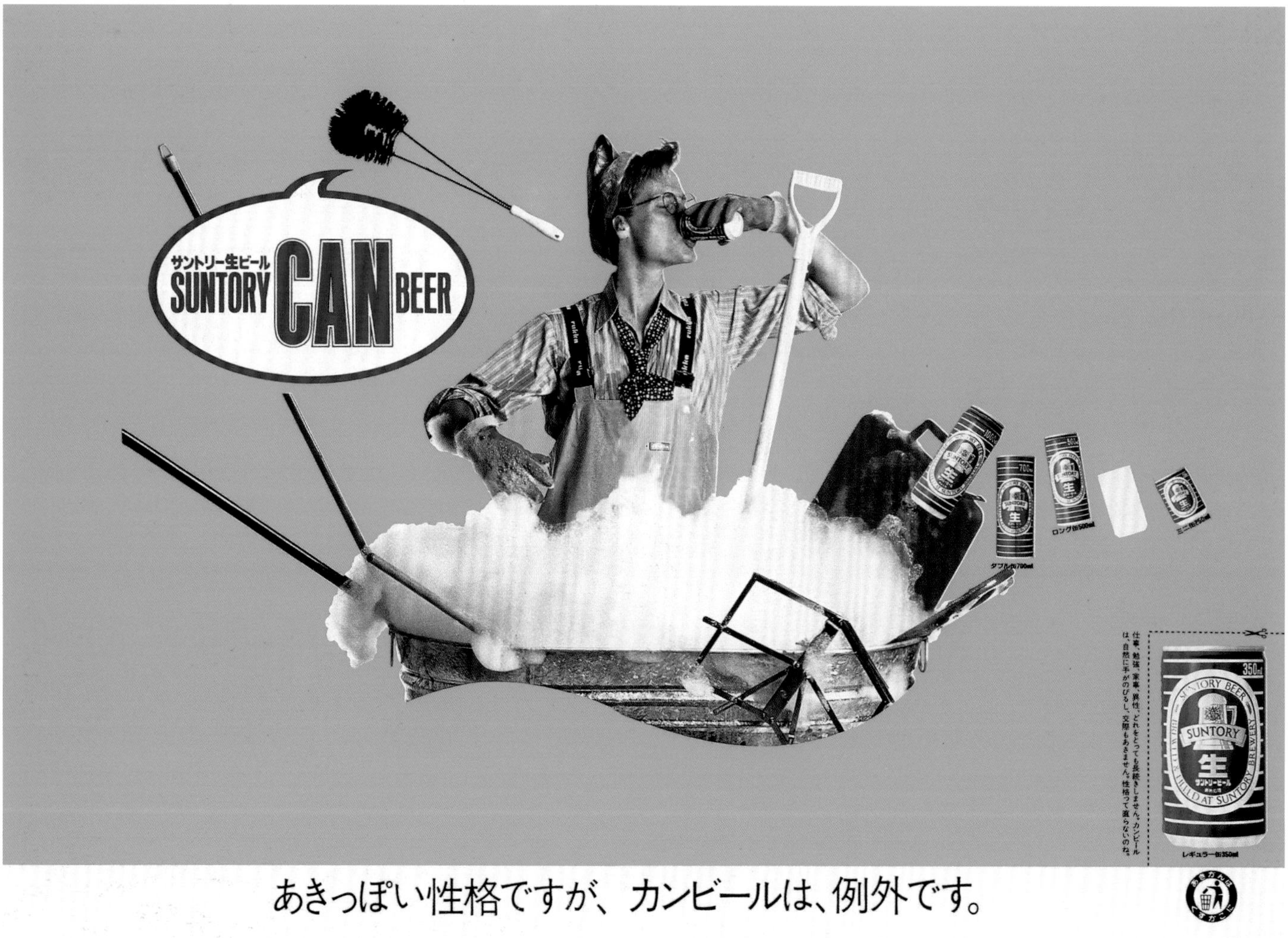

サントリー生ビール
SUNTORY CAN BEER

仕事、勉強、家事、異性、どれをとっても長続きしません。カンビールは、自然に手がのびるし、交際もあきません。性格って直らないのね。

あきっぽい性格ですが、カンビールは、例外です。

182

182−183　1980年
尝试将有罐装啤酒的生活画刊化。借鉴美国室内剧全盛时期的世界感，美式幽默世界。实现“CAN等于罐装啤酒”的形象(印象)。

うちは、カンビールの 家系です。本当です。

世界情勢はキビしいなあ。 カンビールはうまいなあ。

財布をひろった。カン ビールがうまかった。

183

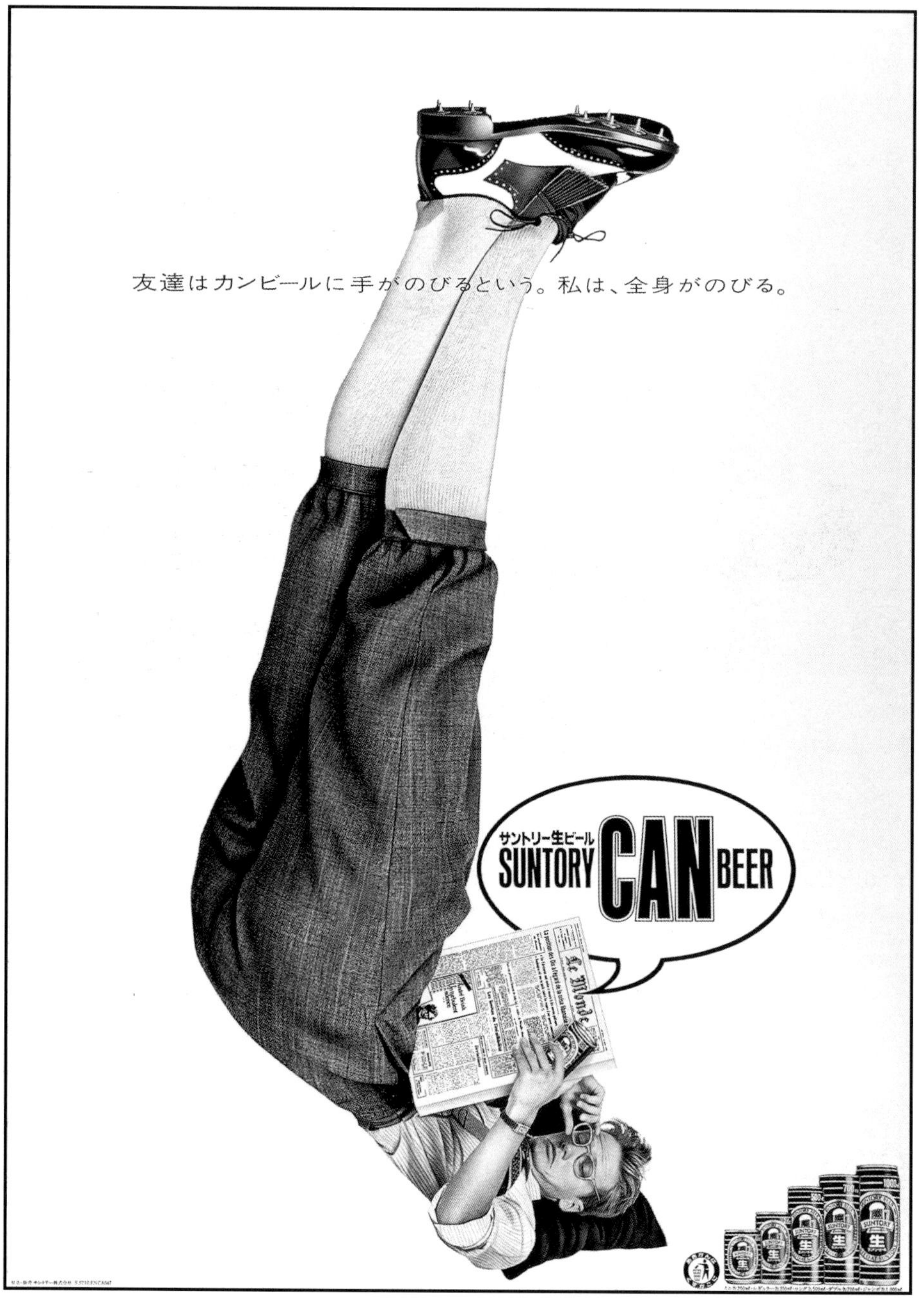
友達はカンビールに手がのびるという。私は、全身がのびる。
サントリー生ビール
SUNTORY CAN BEER

184　1981年
“CAN罐装啤酒”报纸广告。

爺、わらわの好物は、カンビールじゃ。
サントリー生ビール
SUNTORY CAN BEER

御代官様、カンビールぐれえ、ノンビリ飲ませてくだせえ。
サントリー生ビール
SUNTORY CAN BEER

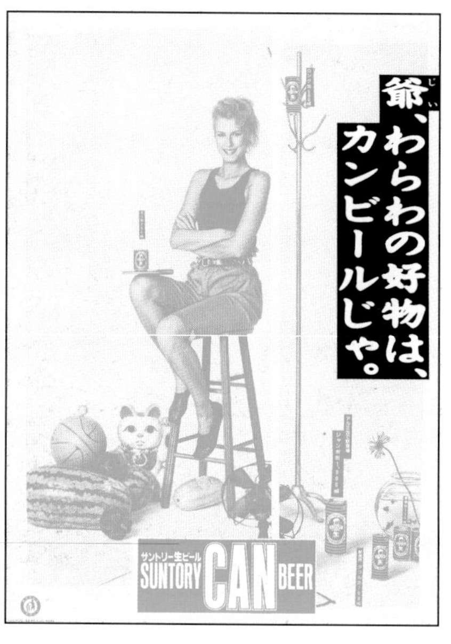

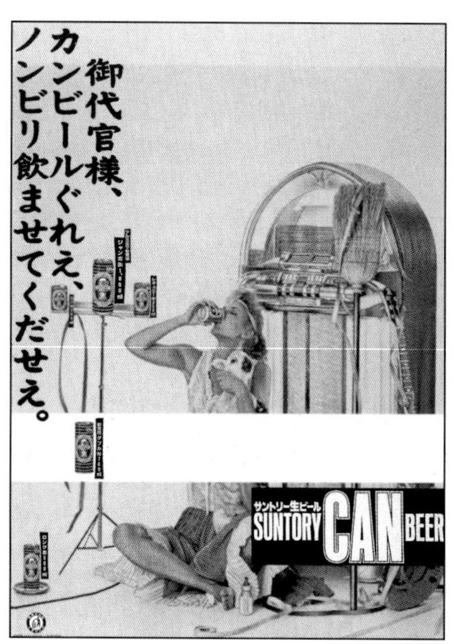

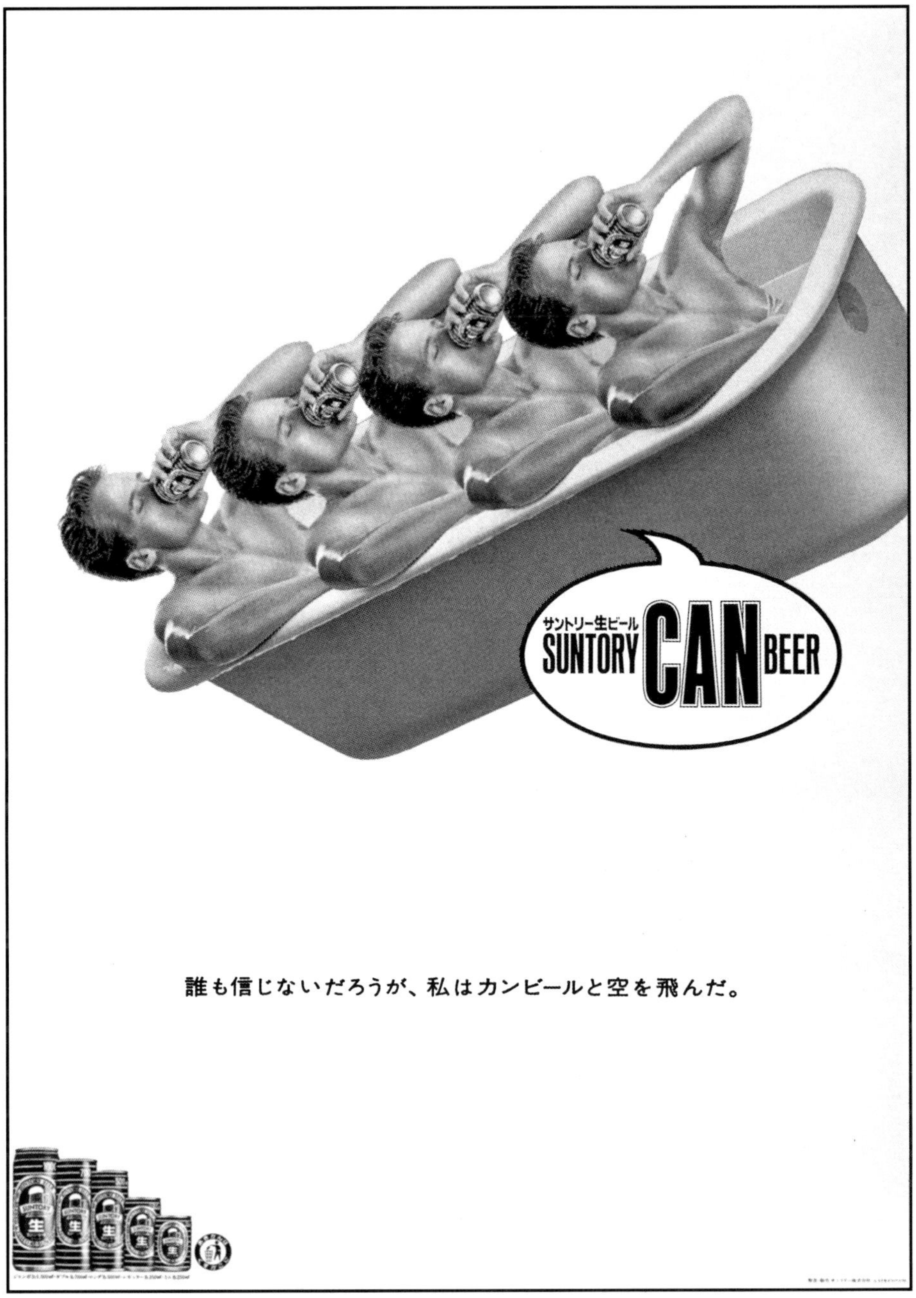
サントリー生ビール
SUNTORY CAN BEER
誰も信じないだろうが、私はカンビールと空を飛んだ。

184

博士、宇宙船でカンビールを飲む日は、まだですか。
サントリー生ビール
SUNTORY CAN BEER

親方、こういうモダンな家じゃカンビールを飲むんでしょ。
サントリー生ビール
SUNTORY CAN BEER

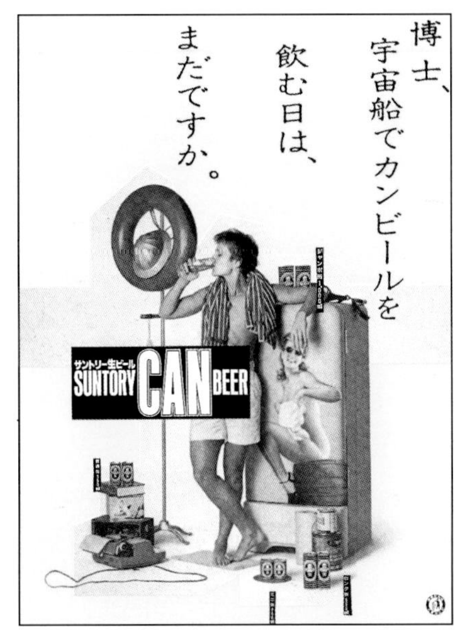

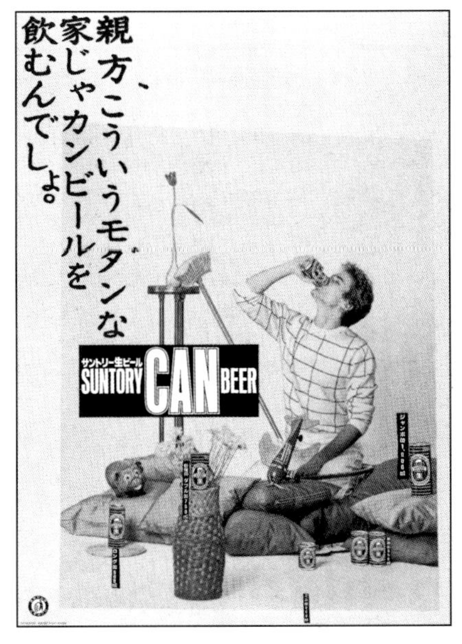

185

185　1982年
将罐装啤酒成功地渗透到家庭里的企业，他的活动还将进一步扩展到乡村角落。为此考虑容易使人感到亲切的符号作为引导。

186　1982年
这个商家，啤酒国内股份占7～8%的状态。征求大胆进攻的广告表现。可是啤酒自身形象的广告为了避免对其他商家有益而回避了。

見たか、飲んだか、サントリーの新カンビール。
SUNTORY BEER
CAN
サントリー生ビール
SUNTORY BEER
BREWED & FILLED AT SUNTORY BREWERY
SUNTORY
生

SUNTORY BEER
CAN
サントリー生ビール
うめーッ、うめーッ。
サントリーの新カンビール。

今晩おヒマー
サントリーの新カンビール。
SUNTORY BEER
CAN
サントリー生ビール

187

188

187-188　1984年
立体地表现企鹅(参照P145、P146),使企鹅具有拟人的人格，突出了浪漫的世界观。

189　1985年
各个场面，罐装啤酒作为小道具，出场的企鹅展现了快乐的爱情故事的世界。做成各种各样的模型，将“CAN等于罐装啤酒”渲染成民间的事件。

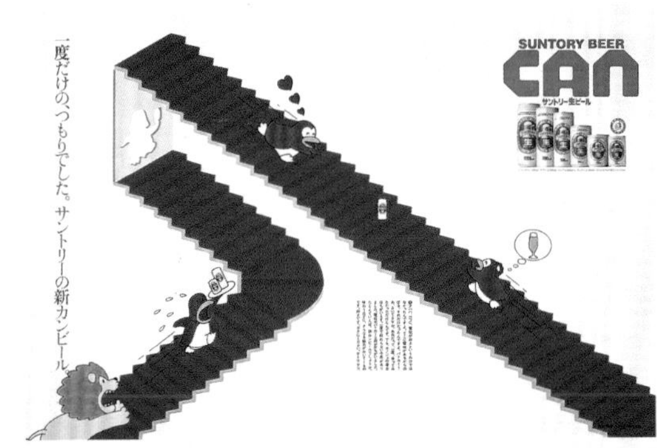
一度だけの、つもりでした。サントリーの新カンビール
SUNTORY BEER
CAN
サントリー生ビール

由緒正しい恋にも、ゆきずりの恋にも、サントリーの新カンビール。
SUNTORY BEER
CAN
サントリー生ビール

昼間見てもキレイだね。サントリーの新カンビール。
SUNTORY BEER
CAN
サントリー生ビール

両親にも紹介します。サントリーの新カンビール。
SUNTORY BEER
CAN
サントリー生ビール

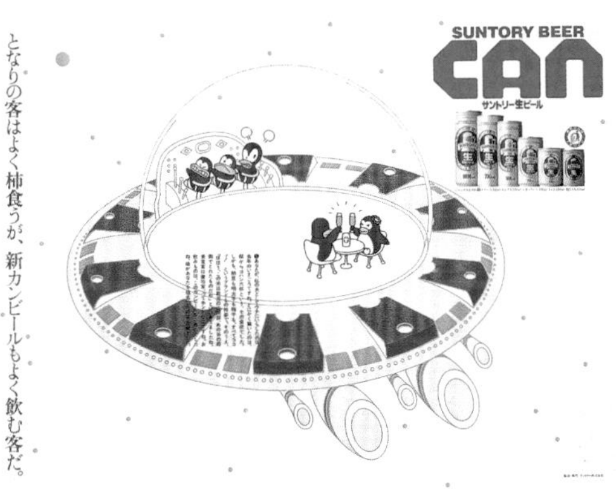
となりの客はよく柿食うが、新カンビールもよく飲む客だ。
SUNTORY BEER
CAN
サントリー生ビール

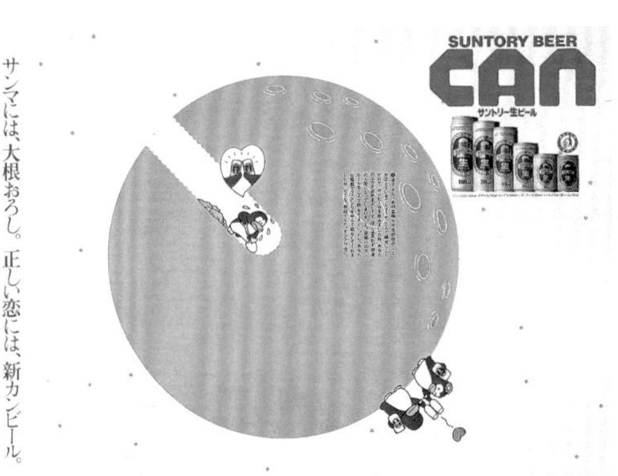
サンマには、大根おろし。正しい恋には、新カンビール。
SUNTORY BEER
CAN
サントリー生ビール

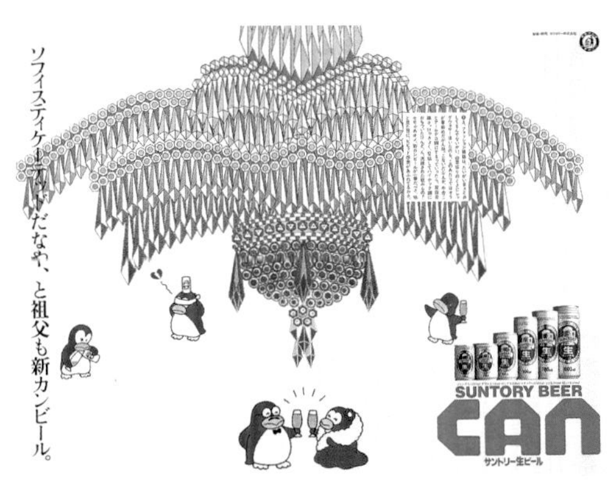
ソフィスティケーテッドだなや、と祖父も新カンビール。
SUNTORY BEER
CAN
サントリー生ビール

頼むから、戻ってきてくれー。新カンビールも冷えてるど。
SUNTORY BEER
CAN
サントリー生ビール

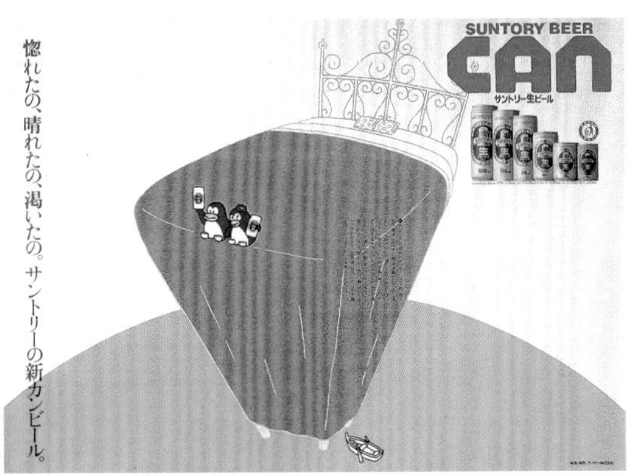
惚れたの、晴れたの、渇いたの。サントリーの新カンビール。
SUNTORY BEER
CAN
サントリー生ビール

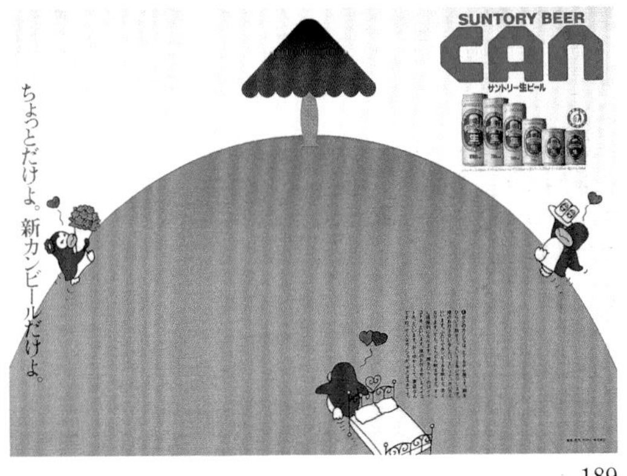
ちょっとだけよ。新カンビールだけよ。
SUNTORY BEER
CAN
サントリー生ビール

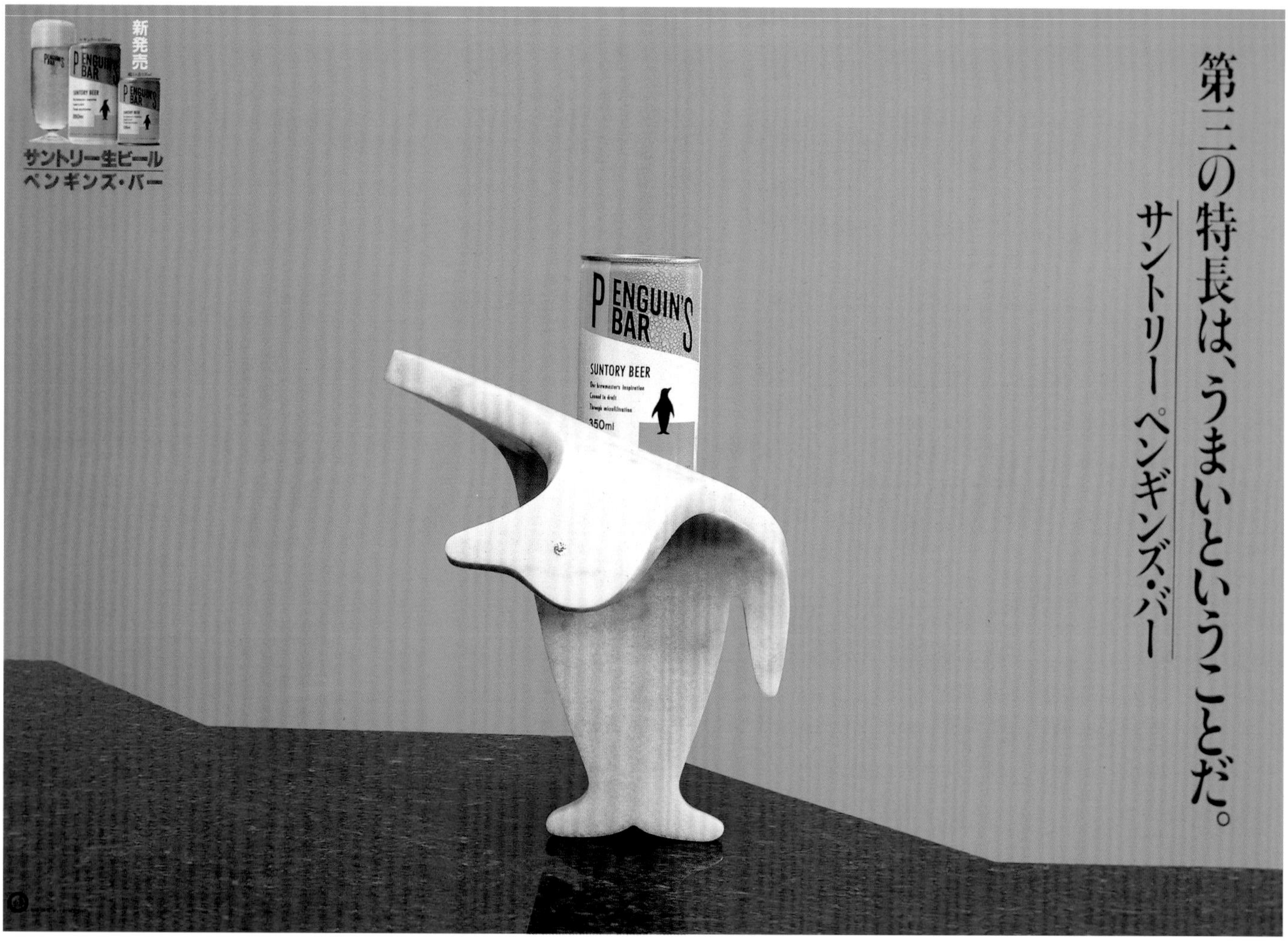

第三の特長は、うまいということだ。
サントリー ペンギンズ・バー

新発売
サントリー生ビール
ペンギンズ・バー

PENGUIN'S BAR
SUNTORY BEER
350ml

190

191

190-191　1983年
在罐装啤酒一系列的宣传活动过程中，产生出来的企鹅角色被定位。直到产生出新的商品。用从市场产生出来的通俗美术来制作。

192-193　1984年
注重都市华丽空间的罐装啤酒的标鉴是美术性的。这是把罐头标鉴作为国内的东西与前面相匹配的幸福的表现。

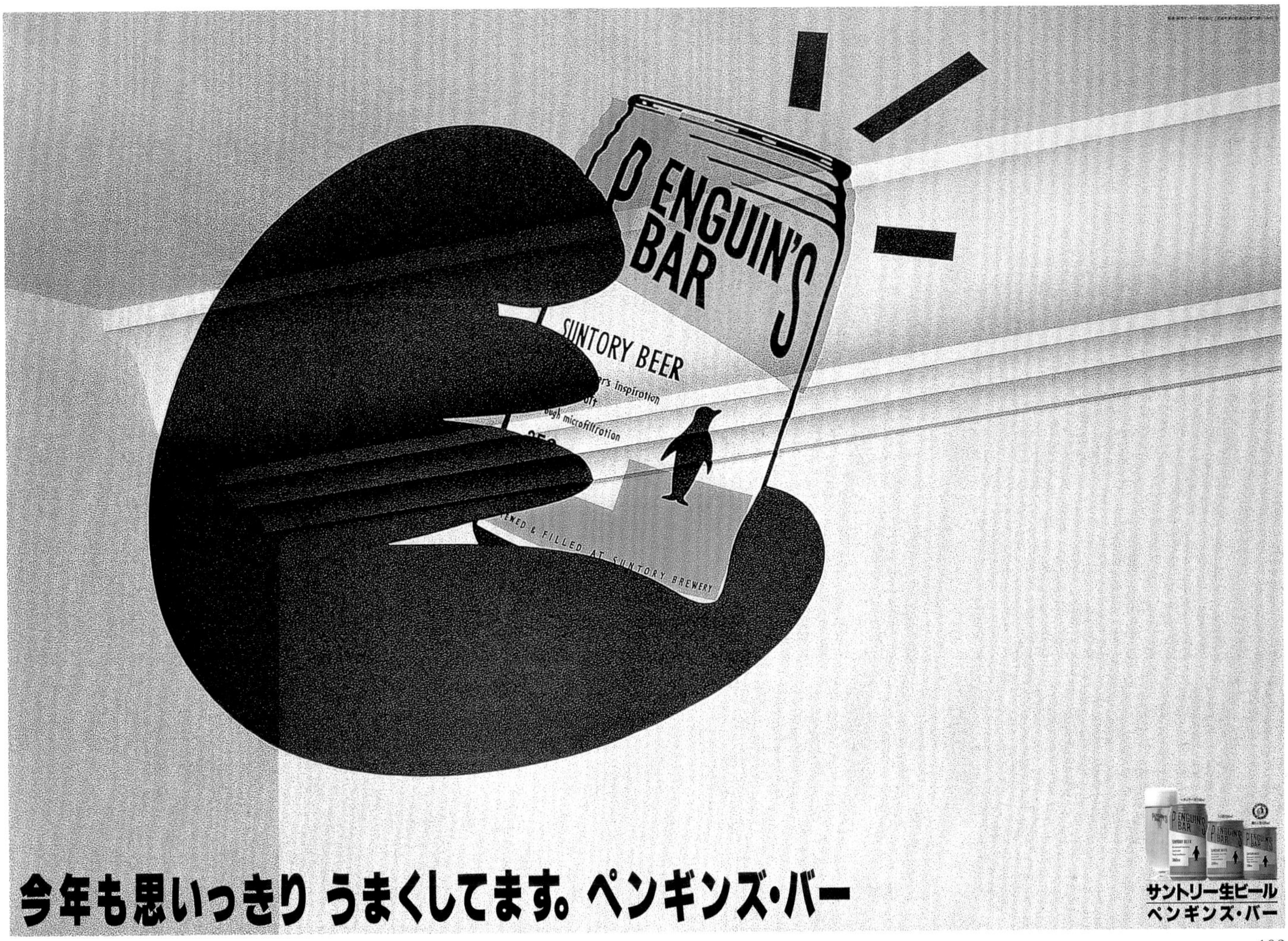

PENGUIN'S BAR

SUNTORY BEER

今年も思いっきり うまくしてます。ペンギンズ・バー

サントリー生ビール
ペンギンズ・バー

192

193

194

195

标鉴 /Label
产品的标鉴与产品本身是同时直接与消费者接触的部分。因此，应该不炫耀奇，而是坦率地表现产品的概念。

194-196　1982年
(上)活用传统的品牌形象，用简洁明了的设计来突出新意。
(下)把包装作为主要工作，向四周散开做成立体的。
醇厚口味中含有清洌感，忠实地再现了产品这一概念。文字说明使标鉴整体得到反映。

KIRIco
CONTEMPORARY
VODKA
スピリッツ

196

カフェスタ
カフェ・オレ 新発売
AGF
マザコンまじりのカフェ・オレ。
CAFÉ AU LAIT

197

作品一览

001-008	1996-1999	C,真木准　P,坂田荣一郎　ADV,朝日新闻社
009	1997	P,外山俊树　ADV,朝日新闻社
010	1995	ADV,朝日新闻社
011-012	1990	P,坂田荣一郎　ADV,朝日新闻社
013	1988	C,真木准　I,武田育雄　ADV,朝日新闻社
014-015	1995	ADV,朝日新闻社
016	1988-1995	P,坂田荣一郎　ADV,朝日新闻社
017-018	1997	C,真木准　P,操上和美　ADV,东京 ADC
019-026	1982-1984	P,菅昌也　ADV,Luft
027-030	1986	P,操上和美
031-037	1996	ADV,Hudson Hills Press
036	1997	ADV,The Chicago Atheneum
038-039	1990	ADV, Kon'yo Shen'te
040-043	1986	C,冈部正泰　P,久留幸子　I,武田育雄 ADV,VIVRE 21
044-045	1987	A,毛利臣男　C,冈部正泰　P,坂田荣一郎 ADV, VIVRE 21
046-048	1986	C,冈部正泰　P,久留幸子　ADV,VIVRE 21
049-050	1988	C,冈部正泰　P,久留幸子　ADV,VIVRE 21
051-052	1988	C,冈部正泰　P,操上和美　ADV,VIVRE 21
053-054	1985	ADV,VIVRE 21
055-056	1985	I,手岛加江　ADV,VIVRE 21

057-060	1989	C,真木准　P,操上和美　ADV,伊势丹
061-062	1988	C,真木准　P,Nick Knight　ADV,伊势丹
063-066	1978-1990	C,真木准　P,Nick Knight, Dominique Issermann, Peter Lindbergh, Steven Miesel　ADV,伊势丹
067-068	1985	CD,土屋耕一　ADV,伊势丹
069	1985	I,武田育雄　ADV,伊势丹
070	1985	PR,郡家淳　C,真木准　ADV,伊势丹
071-079	1996-1999	C,真木准　P,Patrick Demarchelier, Matthew Rolston, Mario Sorrenti　ADV,三阳商会
080-081	1998	ADV,三阳商会
082-085	1998	C,真木准　ADV,三阳商会
086	1994	P,Snoudon Kyo　ADV,三宅一生事务所
087	1994	C,岩切彻　P,操上和美　ADV,三宅一生事务所
088	1989	P,操上和美　ADV,三宅一生事务所
089	1987	ADV,三宅一生事务所
090-091	1984	C,鱼住勉　ADV,ONWARD
092	1989	CD,五十岚一也, 真木准　C,真木准　PR,佐藤友重　P,菅昌也　ADV,国际羊毛事务局
093-097	1983-1985	C,泽口敏夫　P,吉村则人　I,山口春美　ADV, PARCO
098	1983	F,李泰荣　CP,长泽岳夫　P,富永民夫, 小暮彻　ADV, PARCO
099-100	1976	I,PATER 佐藤　ADV,ONWARD

101	1981	I,PATER 佐藤　ADV,APITA
102	1984	P, 久留幸子　APITA
103-104	1987	CD, C 冈部正泰　P,久留幸子　ADV,日本放送协会
105	1988	I,Karen BarBar　ADV,DURBAN
106	1987	P,操和上美　ADV,DURBAN
107	1988	I,Judis Taner　ADV,DURBAN
108-109	1989	I,武田育雄　P,操上和美　ADV,成旺印刷
110-111	1984	C,泽口敏夫　P,久留幸子　ADV,MDA JAPAN
112-113	1985	P,久留幸子　ADV,Linea Fresca
114-115	1994	P,坂田荣一郎　ADV,黑泽明摄制所
116-118	1994	ADV, 黑泽明摄制所
119-122	1998	CD,杉山恒太郎　C,大坪辉央　ADV,小学馆
123-126	1998	CD,柴田常文　C,藤井淳志　ADV,小学馆
127-131	1995	C,根岸礼子　I,板东友子
132-133	1989	C,真木准　ADV,MIJOR
134-135	1985	P,菅昌也　ADV,EXPO 85
136-138	1993	CD,宗左近　ADV,宫城县
139	1988	ADV,森泽
140-141	1983	ADV,森泽
142-144	1988	C,真木准　ADV,东京平面设计协会
145	1996	ADV,写研

146	1989	ADV,日本文化交流中心
147-148	1992	ADV,黑川事务所
149	1996	ADV,名古屋平面设计中心
150	1978	ADV,National Museum of Modern Art Tokyo
151	1976	I,PATER 佐藤　ADV、ADONIS
152-153	1984	C,鱼住勉　P,操上和美　ADV,德间康快
154-155	1993	A,毛利臣男　P,操上和美　ADV,六耀社
156-159	1993	C,真木准　P,杉山浩　ADV,骏河银行
160-161	1989	ADV,六耀社
162-172	1982-1984	CD,长泽岳夫，杉山恒太郎，高杉治郎，C,长泽岳夫 P,漆畑铁治　I,横山明　ADV,SUNTORY
173-174	1985	C,真木准　P,菅昌也　AD，丰田自动车
175-178	1989	CD,佐藤友重　P,菅昌也　ADV,奥林巴士
179-181	1980	CD,长泽岳夫　C,真木准　P,与田弘志　ADV,SUNTORY
182-184	1980	CD,C 长泽岳夫　P,Alex Shatran　ADV,SUNTORY
185-189	1982-1985	CD,长泽岳夫　C,渡边裕一　I,彦根范夫　ADV,SUNTORY
190-191	1983	C,系井重里　P,杉山浩　ADV,SUNTORY
192-193	1984	C,系里重里　P,杉山浩　ADV,SUNTORY
194	1982	C,真木准　ADV,SUNTORY
195	1982	C,真木准　ADV,SUNTORY
196	1981	C,户田裕一　ADV,SUNTORY

1972

户田正寿　略年谱

1948	出生于福井县
1966	毕业于福井县立三国高等学校
1967 ~ 1969	3 人联展(Tokiwa 画廊)
1970	进入高岛屋宣传部工作
	Tableau 个展(岗部画廊)
1971	Colage 个展(池袋 PARCO)
1972	Tableau 个展(岗部画廊)
1973	进入有限公司日本设计中心工作
	获朝日广告奖金奖
1974	Tableau “写真和光影”个展(村松画廊)
	冲绳海洋博览会海报制作
	获印象 '74 联展——今井祝雄、kenshi 等(岗部画廊)
1975	东京 ADC 奖
	现代版画 100 人展参展
	印象 '75 联展——今井祝雄、Kenshi、佐藤晃一、真板雅文(岗部画廊)
1976	户田设计事务所设立
	版画个展(Fuma 画廊)
	印象 '76 联展——今井祝雄、Kenshi、佐藤晃一、真板雅文等(岗部画廊)
1977	美国曼阿密国际版画双年展参展
	MIAMI 国际版画双年展参展
	版画个展(纽约)
1978	Tableau 个展(Fuma 画廊)
1979	获拉哈奇国际海报双年展特别奖
	获东京 ADC 奖
	日本新形象海报展特邀参展
1980	美国曼阿密国际版画双年展参展
	第 25 届现代版画展特邀参展

CWAJ 第 25 届现代版画展参展(东京美国俱乐部)

1981 获日本美国平面设计海报展 '81 银奖

获东京 ADC 会员最高奖

加拿大国际版画双年展参展

格拉兰特国际海报展特邀参加

Colorado 邀请展参展(原美术馆)

个展(Shirota 画廊)

1982 获朝日广告奖准朝日广告奖

战后 20 人海报展参展(富山县近代美术馆)

1983 获拉哈奇国际海报双年展首席优秀奖

获日本现代展三重县立美术馆奖

获东京 ADC 会员最高奖

Colorado 国际海报邀请展参展

Ljubljana 国际版画双年展参展

雕刻个展(白田画廊)

1984 获日本美国平面设计海报展 '84 金奖 1 枚、银奖 6 枚、铜奖 2 枚

获东京 ADC 会员奖

获广告大奖赛最高奖

获富士产经广告最高奖

挪威国际版画双年展参展

现代幽默画展参展(悦玉县立近代美术馆)

个展(Loft 画廊、铃江仓库)

1985 获第一回 Rublim 国际反战艺术展优秀奖

获富士产经广告最高奖

雕刻和摄像艺术个展(News 画廊)

建筑艺术外壁、装置艺术(伊势丹)

1986 获第 11 届华沙国际海报双年展特别奖

Palais Royal in Paris 现代海报创作艺术指导 3 人展,

齐藤诚、井上嗣也(巴黎市主办)

平面设计展参展(山口县立美术馆)

1987 获第17届Ljubljana国际版面双年展美术馆奖

Blood 6展参展(银座松屋)

1988 获东京ADC会员奖

获纽约ADC银奖

获朝日广告奖准朝日广告奖

获每日广告奖优秀奖

获日经广告奖流通部门优秀奖

Ljubljana国际双年展坂出市民美术馆特邀参展(濑户大桥纪念馆)

现代海报、现代海报展参展(纽约近代美术馆)

1989 获东京ADC会员奖

获Cracow国际版画Biennail美术馆奖

获朝日广告奖准朝日广告奖

Budapest国际版画双年展参展

拉哈奇国际海报双年展国际审查员

拉哈奇海报美术馆3人联展参展

国际海报特邀参加

国际海报双年展特邀参加

川崎市市民美术馆

日本海报展参展(纽约近代美术馆)

双人联展(瑞典)

Makoto Saitou、Stockholm Design Center

1990 获法国国际设计展金奖

获朝日广告奖准朝日广告奖

今日设计展参展(东京国立近代美术馆工艺馆)

1991 获朝日广告奖准朝日广告奖

获拉哈奇美术双年展第三名

获第3届富山国际海报双年展银奖

日本杰出海报100展参展(东京、国际巡回展等巡回展)

日本的平面设计展参展

日本的平面设计展参展(伦敦)

东京的海报展参展(蓬皮杜艺术中心、巴黎)

1991奥尔马蒂斯VS户田正寿双人展

出任剧团青年座　水上勉编剧的舞台剧“从树上下来”的舞台美术

1993　获Cresta国际广告奖海报部门金奖

日本的海报展参展

80年代日本海报名作展参展

Colorado国际海报展参展

东京GGG画廊100回邀请展参展

日本的海报、艺术和工艺展(匈牙利)

出任由宗左近作词、三好晃作曲的舞台剧“绳文太鼓”的舞台美术和服装设计

1994　获第4届富山国际海报双年展银奖

获墨西哥海报双年展银奖

出任纽约“黑泽明展”总策划

1995　个展'X=T展览会安托尼姆美术馆(芝加哥)

1996　获第17届国际布尔诺平面设计双年展金奖

日本的海报展参展(意大利·米兰)

墨西哥海报双年展参展

小堀远州的美学绮丽展

(三越、MOA美术馆、足利市立美术馆、林原美术馆、石川县立美术馆等)

1997　获拉哈奇国际海报双年展金奖

战后世代海报展参展(日本国际海报美术馆)

1998　出任新宿高岛屋“Big Comic 30周年展”总策划人(小学馆)

1999　出任黑泽明绘画全集总策划人、总艺术指导

著书　TODAD / 六耀社

户田正寿(世界的平面设计丛书) / Trans Art Inc

X=t / Hudson Hills Press

Ear Ear Land / STERA

户田正寿的设计世界 / 中国广西美术出版社

户田正寿的设计技法 / 中国广西美术出版社

收藏　纽约近代美术馆

Krakow 市立近代美术馆

Colorado 州市立大学

挪威国立敖斯罗美术馆

慕尼里市立美术馆

拉哈奇美术馆

Liubljana 国立近代美术馆

华沙海报美术馆

Denver 美术馆

芝加哥安托尼姆美术馆

Frkunst und Gewerbe 美术馆(Humburg, Germany)

东京国立近代美术馆

富山县立近代美术馆

福井县立近代美术馆

三重县立美术馆

东日本铁道文化财团

SUNTORY 设计美术馆

户田正寿作品·刊载书籍

1973年-1999年　［ADC年鑑］发行/美术出版社

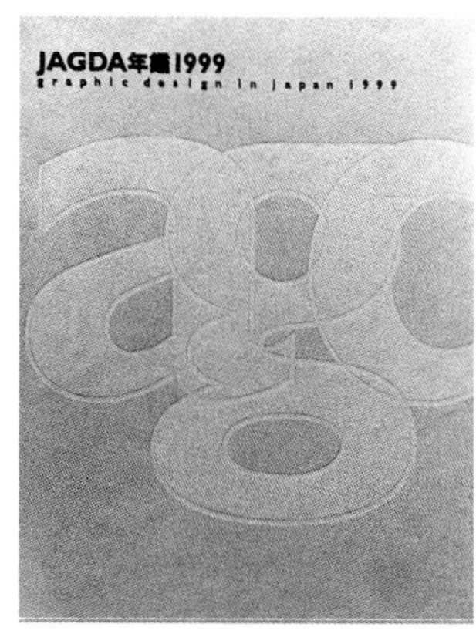

1990年-1999年［JAGDA年鑑］发行/六耀社

1991年［Cration number 3］发行/RECRUIT

1997 年 ［NEW DESIGN TOKYO］
发行 /ROCK PORT (Canada)

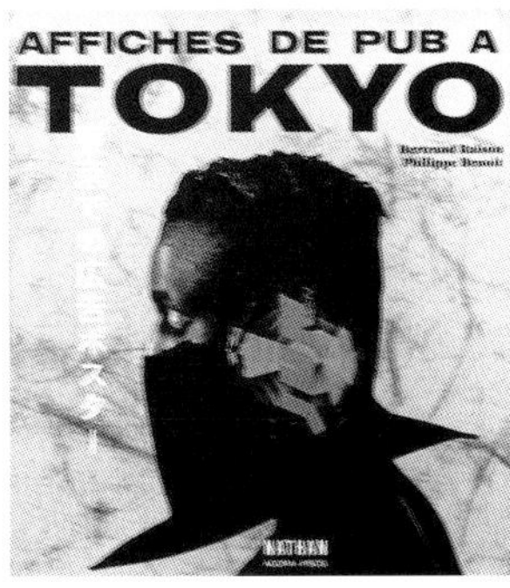

1989 年 ［AFFICHES DE PUB A TOKYO］
发行 /NATHAN (FRANCE)

1989 年 ［CI GRAPHICS］ 发行 / 六耀社

1994 年 ［VISUAL DESIGN］ 发行 /JAGDA

1982 年 ［Ten Art directors in Contemporary Japan］
发行 / 诚文堂新光社

1996 年 ［map 8 号］
发行 /MAP PUBLICATIONS INC.

视觉语言丛书 · 著名平面设计家 · 户田正寿(作品／技法)
书　名:　户田正寿的设计世界
策　划:　郑晓颖　姚震西
主　编:　朱　锷
设计制作: 朱锷设计事务所
日本国神奈川县横滨市户塚区矢部町 941
ARUBERUBIBUI 101
FAX: 0081-45-862-4755
责任编辑: 姚震西　白　桦
出　版:　广西美术出版社
发　行:　广西美术出版社
社　址:　广西南宁市望园路 9 号(530022)
经　销:　全国新华书店
印　制:　深圳雅昌彩色印刷有限公司
开　本:　635 mm × 965 mm 1/8
印　张:　24
版　次:　2000 年 1 月第 1 版
印　次:　2000 年 1 月第 1 次印刷
书　号:　ISBN 7-80625-669-5/J·541
定　价:　110.00 元